HÉSIODE ÉDITIONS

PAUL BOURGET

Cruelle énigme

Hésiode éditions

© Hésiode éditions.

1 rue Honoré - 93500 Pantin.
ISBN 978-2-38512-012-2
Dépôt légal : Octobre 2022

Impression Books on Demand GmbH

In de Tarpen 42
22848 Norderstedt, Allemagne

Cruelle énigme

I

DEUX SAINTES

Tous les hommes habitués à sentir avec leur imagination connaissent bien la sorte de mélancolie, sans analogue, qu'inflige une trop complète ressemblance entre une mère et sa fille, lorsque cette mère a cinquante ans, que cette fille en a vingt-cinq, et que l'une se trouve ainsi présenter le spectre anticipé de la vieillesse de l'autre. Qu'elle est féconde en amertumes pour un amoureux, cette vision de l'inévitable flétrissure réservée à la beauté qu'il chérit ! Au regard d'un observateur désintéressé, de telles ressemblances abondent en réflexions singulièrement suggestives. Il est rare, en effet, que l'analogie des traits entre les deux visages aille jusqu'à l'identité ; plus rare encore que l'expression en soit tout à fait pareille. D'une génération à l'autre, il y a eu comme une marche en avant du tempérament commun. La qualité dominante de la physionomie est devenue plus dominante, – symbole visible d'un développement du caractère produit par l'hérédité. Trop fin déjà, le visage s'est affiné davantage ; sensuel, il s'est matérialisé ; volontaire, il s'est durci et séché. À l'époque où la vie a terminé son œuvre, lorsque la mère a passé la soixantième année, la fille la quarantième, cette gradation dans les ressemblances devient comme palpable au contemplateur, et avec elle l'histoire des circonstances morales où s'est débattue cette âme de la race dont ces deux êtres marquent deux étapes. La perception des fatalités du sang devient si lucide alors, que parfois elle tourne à l'angoisse. Dans ces rencontres se révèle, même aux esprits les plus dépourvus du sens des idées générales, l'implacable, la tragique action des lois de la nature ; et, pour peu que cette action s'exerce contre des créatures qui nous tiennent au cœur, même en dehors de l'amour, cela fait si mal de la constater !

Bien qu'à soixante et douze ans, avec une maladie de foie contractée en Afrique, cinq blessures et quinze campagnes, un homme, parti jadis comme simple soldat et retraité comme divisionnaire, ne soit pas très disposé aux songeries philosophiques, c'est pourtant à des impressions de cet ordre que le général comte Alexandre Scilly s'abandonnait, ce soir-là, au sortir du salon d'un petit hôtel de la rue Vaneau, où il avait laissé en tête à tête sa vieille amie Mme Castel et la fille de cette amie, Mme Liauran. Onze heures venaient de sonner à la pendule du plus pur style Empire – un cadeau de Napoléon 1er au père de Mme Castel – posée sur la cheminée de ce salon. Le général s'était levé, comme d'habitude, exactement au premier coup, afin de gagner sa voiture annoncée. À vrai dire, le comte avait les plus fortes raisons du monde pour être obscurément et profondément troublé. Après la campagne de 1870, qui lui avait valu ses dernières épaulettes, mais aussi une ruine de sa santé, définitive, cet homme s'était trouvé à Paris sans autres parents que des cousins éloignés et qu'il n'aimait pas, ayant eu à se plaindre d'eux lors de la succession d'une cousine commune. N'avaient-ils pas attaqué le testament de la vieille dame et accusé de captation, qui ? lui, le comte Scilly, le propre fils du héros de Leipsick ! Avec ce besoin de remplacer pas des habitudes fixes la sécurité de la famille absente, qui distingue les célibataires de tout âge, le général fut conduit à se créer un intérieur en dehors de son appartement de soldat au repos. Les circonstances firent de lui le commensal quasi quotidien de l'hôtel de la rue Vaneau où habitaient deux femmes auxquelles il était d'ailleurs attaché depuis longtemps. La plus âgée, Mme Marie-Alice Castel, était la veuve de son premier protecteur, du capitaine Hubert Castel, tué à ses côtés en Algérie, quand il n'était encore, lui, Scilly, que simple sergent. La seconde, Mme Marie-Alice Liauran, était veuve de son plus cher protégé, du capitaine Alfred Liauran, tué en Italie. Toutes les personnes qui ont un peu étudié le caractère du vieux garçon et du vieil officier – cela fait comme deux célibats l'un sur l'autre – comprendront, au simple énoncé de ces faits, quelle place cette mère et cette fille occupaient dans l'existence du général. Chaque fois qu'il sortait de chez elles, et durant le temps que mettait sa voiture à le ramener chez lui, son unique préoccupation était de revenir sur les moindres incidents de sa visite, – et ce temps était long, car le général habitait, au quai d'Orléans, le rez-de-chaussée d'une antique maison, léguée précisément par sa cousine.

La voiture n'allait pas vite : elle était attelée d'un ancien cheval de régiment, très âgé, très doux, débonnairement conduit par un ancien soldat d'ordonnance, le fidèle Bertrand, qui n'aurait pas fouetté la bête pour un tonneau d'eau-de-vie de marc, sa boisson favorite. Le véhicule lui-même ne roulait pas aisément, bas et lourd comme il était, – un véritable coupé de douairière, que le général avait gardé tel quel, avec le cuir vert pâle de la garniture et la nuance vert sombre de ses panneaux. Est-il besoin d'ajouter que Scilly avait hérité cette voiture en même temps que la maison ? Dans son ignorance de vieux grognard habitué aux rudesses d'un métier qu'il avait pris très au sérieux, il considérait naïvement ce pesant carrosse comme un comble de confortable, et, la main passée dans une des brassières, assis sur le bord de la banquette où sa cousine s'allongeait voluptueusement autrefois, ce qu'il revoyait sans cesse, c'était le salon de la rue Vaneau et les deux habitantes de ce calme asile, – si calme, avec ses hautes fenêtres fermées, derrière lesquelles s'étend le princier jardin qui va de la rue de Varenne à la rue de Babylone, – oui, si calme et si connu de lui, Scilly, dans les moindres détails. Sur les murs étaient appendus trois grands portraits attestant que, depuis la Révolution, tous les hommes de cette famille avaient été soldats. C'était d'abord le colonel Hubert Castel, le grand-père, représenté par le peintre Gros sous le sévère uniforme des cuirassiers de l'Empire, la tête nue, sa robuste nuque prise dans le collet d'un bleu noir, son torse revêtu de la cuirasse, ses bras serrés dans le drap sombre des manches et ses mains couvertes de gantelets à crispin blanc. Napoléon était tombé du trône trop tôt pour récompenser, comme il le voulait, cet officier qui lui sauva la vie dans la campagne de Russie. C'était ensuite le fils de ce dur cavalier, le capitaine de l'armée d'Afrique, peint par Delacroix avec la tunique bleue à pans plissés et le large pantalon rouge serré aux pieds. Puis le portrait, par Flandrin, d'Alfred Liauran, dans la tenue d'officier de la ligne, telle que Scilly l'avait portée lui-même. De-ci de-là, des miniatures représentaient le colonel Castel encore, mais avant qu'il eut atteint son grade, et aussi des hommes et des femmes de l'ancien régime ; car Mme Castel est une demoiselle de Trans, – des Trans de Provence, une très nombreuse et très noble famille des environs d'Aigues-Mortes.

Le père du colonel Castel, simple intendant du père de Marie-Alice, avait sauvé les biens d'une branche de cette famille, à la vérité assez peu considérables, pendant la tourmente de 1792, et lorsqu'en 1829 Mlle de Trans avait voulu épouser le petit-fils de cet honnête homme, et qui se trouvait être le fils d'un soldat célèbre, elle n'avait rencontré aucune résistance. Tout le passé de Mme Castel et de sa fille était donc épars sur les murs de ce salon, austère à la fois et très intime, comme toutes les pièces habitées beaucoup, et par des personnes qui ont le culte des souvenirs. L'ameublement, composé d'un curieux mélange d'objets du premier Empire, de la Restauration et de la monarchie de Juillet, ne correspondait certes pas à la fortune des deux femmes, devenue très grande par suite de la modestie de leur genre d'existence ; mais il n'était pas un de ces meubles qui ne parlât d'un être cher, et à elles, et à Scilly, qui se trouvait, depuis son enfance, ne rien ignorer des choses de cette famille. Son père n'avait-il pas été créé comte le jour même où Castel, son compagnon d'armes, avait été nommé colonel ? Et justement c'était cette connaissance profonde de la vie de ces deux femmes, cette connaissance par les causes, qui rendait le vieillard si étrangement sensible à leur endroit. Il s'était identifié avec elles au point de ne pouvoir dormir de la nuit lorsqu'il les avait laissées visiblement préoccupées. Cet homme, maigre et comme tassé sur lui-même, chez qui tout révélait la stricte discipline, depuis l'effacement de son regard jusqu'à la régularité de sa démarche et la rigueur ponctuelle de sa tenue, découvrait en lui, lorsqu'il s'agissait de ses deux amies, les trésors d'une sensibilité que son genre d'existence ne lui avait guère permis de dépenser, et, par ce soir du mois de février 1880, il se trouvait dans l'état d'agitation d'un amant qui a vu les yeux de sa maîtresse noyés de larmes sans en savoir le motif.

– « Quel sujet de chagrin peuvent-elles avoir qu'elles ne me disent pas ?... » Cette question passait et repassait dans la tête du général, tandis que sa voiture allait, battue par le vent et fouettée par la pluie. Il faisait un « prussien de temps », pour parler comme le cocher du comte ; mais ce dernier ne songeait même pas à relever la vitre de la portière, par la baie de laquelle des rafales entraient, de cinq minutes en cinq minutes, et toujours il en revenait à sa question ; car ses pauvres amies avaient été mortellement tristes durant la soirée, et le général les voyait toutes les deux en esprit telles que son dernier regard les avait saisies. La mère était assise au coin du feu, dans une bergère, avec ses cheveux tout blancs, son profil demeuré fier et ses yeux étrangement noirs dans un visage ridé de ces longues rides, verticales qui disent la noblesse de la vie. En tout moment la pâleur extraordinaire de son teint, décoloré, comme vidé de sang, révélait les immenses chagrins d'un veuvage qu'aucune distraction n'avait consolé. Mais cette pâleur avait paru au comte plus saisissante encore ce soir, de même que l'inquiétude de la physionomie de la fille. Quoique Mme Liauran eût quarante ans passés, pas un fil d'argent ne se mêlait encore à ses bandeaux noirs, qui couronnaient un visage, fané sans être flétri, où les traits de sa mère se retrouvaient, mais émaciés davantage et endoloris. Une maladie nerveuse la tenait presque toujours couchée sur sa chaise longue, qui faisait, ce soir-là, exactement face à la bergère de Mme Castel, de sorte que le général, en quittant le salon, avait pu voir à la fois les deux femmes et sentir confusément que sur la seconde pesait un double veuvage. Non. Il n'y avait plus dans cette créature de quoi supporter la vie sans en saigner. Pour Scilly, qui connaissait dans quelle atmosphère de tendresse et de chagrin la seconde Marie-Alice avait grandi, avant d'entrer elle-même dans une atmosphère de nouvelles peines, cette sorte de redoublement de veuvage expliquait trop l'exagération, chez la fille, d'une sensibilité déjà aiguë chez la mère. Mais aussi n'y avait-il pas des années que la mélancolie des deux veuves s'égayait, ou plutôt se parait, de la présence d'un enfant, de cet Alexandre-Hubert Liauran, né quelques mois avant la guerre d'Italie, charmant être, un peu trop frêle au gré de son parrain, le général, qui l'appelait volontiers « mademoiselle Hubert », et si gracieux, comme tous les jeunes gens élevés uniquement par des femmes ? Dans les conditions où sa mère et sa grand'mère se trouvaient, comment ce garçon n'aurait-il pas été le monde entier pour elles ? « Si elles sont si tristes, ce ne peut être qu'à cause de lui, » se dit le comte ; « il ne s'agit pourtant pas de guerre... » Le vieux soldat se rappelait la promesse que le jeune homme lui avait faite de s'engager aussitôt, si jamais une nouvelle lutte mettait aux prises l'Allemagne et la France. Cette condition seule l'avait décidé à ne pas combattre le désir épouvanté des deux femmes, qui avaient voulu garder leur fils auprès d'elles. Le jeune homme, en effet, s'était senti attiré d'abord par le métier militaire ; mais la seule idée de voir cet enfant revêtu d'un uniforme avait été pour Mme Castel et Mme Liauran un trop dur martyre, et Hubert était demeuré auprès d'elles, sans autre carrière que de les aimer et d'en être aimé. Le souvenir de son filleul éveilla chez le comte une nouvelle suite de rêveries. Son coupé, après avoir descendu la rue du Bac, s'engageait maintenant sur les quais. Un paquet de pluie s'abattit sur la joue du vieux soldat, qui ferma enfin le carreau resté ouvert. La sensation soudaine du froid le fit se recroqueviller davantage dans le coin de sa voiture et dans ses pensées. La sorte de reploiement que nous inflige une contrariété physique produit souvent cet étrange effet d'aviver la puissance du souvenir. Ce fut le cas pour le général, qui se prit soudain à réfléchir que depuis plusieurs semaines son filleul avait rarement passé la soirée rue Vaneau. Il ne s'en était pas inquiété, sachant que Mme Liauran tenait beaucoup à ce que le jeune homme allât dans le monde. Elle avait si peur qu'il ne se lassât de leur vie étroite ! Un instinct secret forçait maintenant Scilly de rattacher à ces absences l'inexplicable tristesse répandue sur le visage des deux femmes. Il comprenait si bien que les forces vives du cœur de la grand'mère et de celui de la mère avaient pour aboutissement suprême l'existence de cet enfant ! Et pêle-mêle il se représentait les mille scènes d'affection passionnée auxquelles il avait assisté depuis l'époque où Hubert était né. Il se rappelait les recrudescences de pâleur de Mme Castel et les migraines meurtrières de Mme Liauran au moindre malaise du petit garçon. Il revoyait les journées de son éducation, que sa mère avait suivie elle-même. Que de fois il avait admiré la jeune femme accoudée sur une petite table et employant ses heures du soir à étudier dans un livre de latin ou de grec la page que son cher écolier devait réciter le lendemain ! Par une de ces touchantes folies de tendresse propres à certaines mères, que ferait souffrir le moindre divorce survenu entre leur esprit et celui de leur fils, Mme Liauran avait voulu s'associer, heure par heure, au développement de l'intelligence de son enfant. Hubert n'avait pas pris une leçon dans la chambre d'en haut du petit hôtel sans que la mère fût là, travaillant à quelque ouvrage de charité, tricotant une couverture, ourlant des mouchoirs de pauvres, mais écoutant avec toute son attention ce que disait le maître. Elle avait poussé la divine susceptibilité de sa jalousie d'âme jusqu'à ne pas vouloir d'un précepteur. Hubert avait donc reçu les enseignements de professeurs particuliers, que Mme Liauran avait pris sur les recommandations du curé de Sainte-Clotilde, son directeur, et aucun d'eux n'avait pu lui disputer une influence dont elle n'admettait le partage qu'avec l'aïeule. Quand il avait fallu que le jeune homme apprît l'équitation et l'escrime, la malheureuse femme, pour laquelle une heure passée loin de son fils était une période d'angoisse à peine dissimulée, avait mis des mois et des mois à se décider. Elle avait enfin consenti à disposer en salle d'armes une chambre du rez-de-chaussée de l'hôtel. Un ancien prévôt de régiment, établi rue Jacob, et que le général Scilly avait eu sous ses ordres au service, le père Lecontre, venait trois fois par semaine. La mère n'osait pas dire que le seul bruit du battement des fleurets, en éveillant chez elle la crainte de quelque accident, lui causait une émotion presque insurmontable. Le général avait de même décidé Mme Liauran à lui confier son fils pour le conduire au manège ; mais c'avait été sous la condition qu'il ne le quitterait pas d'une minute, et chaque départ pour cette séance de cheval avait encore été une occasion de secrète agonie. Toutes ces nuances de sentiments, qui avaient fait de l'éducation du jeune homme un mystérieux poème de folles terreurs, de félicités douloureuses, de continuels frémissements, le comte Scilly les avait comprises, si étrangères qu'elles fussent à son caractère, grâce à l'intelligence de l'affection la plus dévouée, et il savait que Mme Castel, pour rester en apparence plus maîtresse d'elle-même que sa fille, n'était guère plus sage. Que de regards n'avait-il pas surpris de cette femme si pâle, enveloppant Marie-Alice Liauran et Hubert d'une trop ardente, d'une trop absolue idolâtrie !…

Les jours avaient passé ; leur enfant atteignait sa vingt-deuxième année, et les deux veuves continuaient à l'enlacer, à l'étreindre de ces mille prévenances par lesquelles, ou mères, ou épouses, ou amantes, les femmes passionnées savent se rendre indispensables à l'être qui fait l'objet de leur passion. Avec une minutie de soins féconde en intimes délices, elles s'étaient complu à aménager pour Hubert le plus adorable appartement de garçon qui se pût rêver. Elles avaient fait agrandir un pavillon qui se trouvait par derrière l'hôtel, en retour sur un petit jardin, contigu lui-même au jardin immense de la rue de Varenne. Des fenêtres de sa chambre à coucher, Mme Liauran pouvait voir les fenêtres de son fils, qui possédait ainsi à lui un petit univers indépendant. Les deux femmes avaient eu l'esprit de comprendre qu'elles ne retiendraient Hubert tout à fait auprès d'elles qu'en devançant le désir d'une existence personnelle, inévitable chez un homme de vingt ans. Au rez-de-chaussée de ce pavillon, deux vastes salles, de plain-pied avec le jardin, renfermaient, l'une un billard, l'autre l'appareil nécessaire à l'escrime. C'est là qu'Hubert recevait ses amis, lesquels se composaient de quelques jeunes gens du faubourg Saint-Germain ; car Mme Castel et Mme Liauran, quoiqu'elles ne fissent guère de visites, avaient conservé des relations suivies avec toutes les personnes de ce centre qui s'occupent d'œuvres de charité. Cela fait une société à part, très différente du clan mondain et unie d'une manière d'autant plus étroite que les rapports y sont très fréquents, très sérieux et très personnels. Mais, certes, aucun des jeunes amis d'Hubert ne se mouvait dans une installation comparable à celle que les deux femmes avaient organisée au premier étage du pavillon. Elles qui vivaient dans une simplicité de veuves sans espérance, et qui n'eussent pour rien au monde modifié quoi que ce fût à l'antique mobilier de l'hôtel, leur sentiment pour Hubert leur avait soudain révélé le luxe et le confort modernes. La chambre à coucher du jeune homme était tendue d'étoffe du Japon, d'une jolie et coquette fantaisie, et tous les meubles venaient d'Angleterre. Mme Castel et Mme Liauran avaient vu chez un de leurs parents éloignés, anglomane forcené, quelques modèles qui les avaient séduites, et elles s'étaient offert, comme un caprice d'amoureuses, le plaisir de donner à leur enfant cette élégance, alors originale. Il y avait ainsi dans cette pièce, située au midi et toujours ensoleillée, une charmante armoire à triple panneau, un revêtement de bois et une glace à étagère au-dessus de la cheminée, deux gracieuses encoignures, un lit bas et carré, des fauteuils à ne pouvoir jamais s'en relever ; – enfin c'était bien réellement ce home d'une commodité raffinée que chaque Anglais riche aime à se procurer. Une salle de bain attenait à cette chambre et un fumoir. Bien qu'Hubert ne fût pas encore adonné au tabac, les deux femmes avaient prévu jusqu'à cette habitude, trouvant là un prétexte pour disposer une petite pièce tout orientale, avec une profusion de tapis de Perse et un large divan drapé d'étoffes algériennes que le général avait rapportées de ses campagnes. Des étoffes pareilles garnissaient le plafond et les murs, sur lesquels se voyaient les armes laissées par trois générations d'officiers. Des sabres égyptiens rappelaient la première campagne faite par Hubert Castel à la suite de Bonaparte ; le capitaine de l'armée d'Afrique avait possédé ces fusils arabes, et ces souvenirs de Crimée attestaient la présence du sous-lieutenant Liauran sous les murs de Sébastopol. En sortant du fumoir, on entrait dans le cabinet de travail, dont les croisées étaient doubles, et celles du dedans en vitraux coloriés, si bien que, par les journées tristes, on pouvait ne pas s'apercevoir de la nuance de l'heure. Les deux femmes avaient subi de si affreuses récurrences de leurs mélancolies par des après-midi brouillés et sous des cieux cruels ! Un grand bureau posé au milieu de la pièce avait devant lui un de ces fauteuils à pivot qui permettent au travailleur de se retourner vers la cheminée sans même se lever. Une petite table Tronchin offrait son pupitre dressé, si la fantaisie prenait au jeune : homme d'écrire debout, comme une chaise longue attendait ses paresses. Un piano droit était posé dans l'angle, et tout au fond de la pièce régnait une bibliothèque longue et basse. Le choix particulier des livres qui garnissaient les tablettes de ce dernier meuble traduisait, mieux encore que les autres détails, si spéciaux et significatifs fussent-ils, la sollicitude craintive avec laquelle Mme Castel et Mme Liauran avaient tout disposé pour demeurer maîtresses de leur fils, pendant ces difficiles années qui vont de la vingtième à la trentième. Comme elles avaient toutes les deux, en leur qualité de veuves de soldats, conservé le culte de la vie d'action, en même temps que leur excessive tendresse pour Hubert les rendait incapables de supporter qu'il l'affrontât, elles avaient trouvé un compromis de leur conscience dans le rêve, formé pour lui, d'une existence d'études spéciales. Elles caressaient naïvement le désir qu'il entreprît un long travail d'histoire militaire, comme un des Trans du dix-huitième siècle en a laissé un sur les campagnes du maréchal de Saxe. N'était-ce pas le plus sur moyen qu'il restât beaucoup chez lui, – et beaucoup chez elles ? Aussi avaient-elles, grâce aux conseils de Scilly, réuni une bonne collection de livres utiles à ce projet. La correspondance complète de l'Empereur, la suite des mémoires relatifs à l'histoire de France, une profusion de volumes de voyages, formaient le fonds de cette bibliothèque. Quelques ouvrages de religion, un petit nombre de romans, et, parmi les écrivains modernes, les œuvres du seul Lamartine achevaient de garnir les rayons. Il est juste de dire que, dans ce coin du monde où l'on ne recevait aucun journal, la littérature contemporaine était parfaitement inconnue. Les idées du général et celles des deux femmes s'accordaient trop sur ce point. Il en était du monde contemporain tout entier à peu près comme de la littérature. On aurait pu entendre, dans ce salon de la rue Vaneau, d'étonnantes conversations, où le comte expliquait à ses amies que la Commune avait été faite avec l'argent de M. de Bismarck sur l'ordre du chef d'une société secrète, et d'autres théories politiques de cette portée. Les mêmes causes produisent toujours les mêmes effets. Comme dans les très petites villes de province, la monotonie des habitudes avait abouti chez les deux veuves à une monotonie analogue de la pensée. Les sentiments étaient très profonds et les idées très étroites, dans ce vieil hôtel dont la porte cochère s'ouvrait rarement. Le promeneur apercevait alors, au fond d'une cour, un bâtiment sur le fronton duquel se lisait une devise latine, jadis gravée en l'honneur du maréchal de Créquy, premier propriétaire de la maison : « Marti invicto atque indefesso. – À Mars invaincu et infatigable. » Les hautes fenêtres du premier étage et du rez-de-chaussée, la couleur ancienne de la pierre, le silence propre de la cour, tout s'harmonisait au caractère des deux habitantes, dont les préjugés étaient infinis. Mme Castel et sa fille croyaient aux pressentiments, à la double vue, aux somnambules. Elles étaient persuadées que l'empereur

Napoléon III avait entrepris la guerre d'Italie pour obéir à un serment de carbonaro. Jamais ces deux femmes, si divinement bonnes, n'eussent accordé leur amitié à un protestant ou à un Israélite. La seule idée qu'il y eût un libre penseur de bonne foi les bouleversait comme si on leur eût parlé de la sainteté d'un criminel. Enfin, même le général les jugeait naïves. Pourtant, comme il arrive à quelques officiers que leur vie errante et des timidités cachées sous une apparence martiale ont condamnés à des amours de passage, Scilly connaissait trop peu les femmes pour apprécier combien était réelle cette naïveté et à quelle profondeur d'ignorance du mal vivaient les deux Marie-Alice. Il supposait que toutes les femmes honnêtes étaient ainsi, et il confondait toutes les autres sous le terme de « gueuses ». Il lui arrivait de prononcer ce mot, quand son foie le faisait par trop souffrir, d'un ton qui laissait soupçonner dans son passé quelque déception amère. Mais qu'il eût été ou non trompé par une aventurière de garnison, qui songeait à s'en inquiéter parmi les rares personnes qu'il rencontrait chez « ses deux Saintes », ainsi qu'il appelait Mme Castel et sa fille ?

Toujours bercé par le roulement de sa voiture, le général continuait à s'abandonner à la crise de mémoire qu'il subissait depuis son départ de la rue Vaneau et qui venait de lui faire repasser en un quart d'heure l'existence entière de ses amies ; et voici qu'autour de ces deux figures d'autres visages s'évoquaient, ceux par exemple de la cousine germaine de Mme Castel, une Mme de Trans qui habitait la province une partie de l'année, et qui venait, avec ses trois filles : Yolande, Yseult et Ysabeau, passer l'hiver à Paris. Ces quatre dames s'installaient dans un appartement de la rue de Monsieur, et leur vie parisienne consistait à entendre, dès les sept heures du matin, une messe basse dans la chapelle privée d'un couvent situé rue de la Barouillère, à visiter d'autres couvents ou à travailler dans les ouvroirs durant l'après-midi. Elles se couchaient vers huit heures et demie, après avoir dîné à midi et soupé à six. Deux fois la semaine, « ces dames de Trans, « comme disait le général, passaient la soirée chez leurs cousines. Elles rentraient ces soirs-là rue de Monsieur à dix heures, et leur domestique venait les chercher avec le paquet de leurs socques et une lanterne, afin qu'elles pussent traverser sans danger la cour de l'hôtel Liauran. La comtesse de Trans et ses trois filles avaient des visages de paysannes, hâlés et semés de taches de rousseur. Leurs costumes étaient coupés à la maison par des couturières que leur désignaient des religieuses. Leurs goûts de parcimonie étaient écrits dans la mesquinerie de tout leur être, et un détail révélait leur aristocratie native : leurs mains charmantes et leurs pieds délicieux, que ne parvenaient pas à déshonorer des chaussures de confection, achetées dans une pieuse maison de la rue de Sèvres. Le contraste le plus singulier s'établissait entre ces quatre femmes et un autre cousin, venu, celui-là, du côté de la seconde Marie-Alice, George Liauran. Ce dernier représentait, dans le salon de la rue Vaneau, les grandes élégances. C'était un homme de quarante-cinq ans, lancé dans un monde très riche avec une fortune d'abord moyenne, puis grossie par de savantes spéculations de Bourse. Il avait son appartement au cercle Impérial, où il déjeunait, et chaque soir son couvert mis dans une des maisons dont il était le familier. Il était petit, maigre et très brun. S'il entretenait la jeunesse de sa barbe taillée en pointe et de ses cheveux coupés très court par quelque artifice de teinture, c'était une question débattue depuis longtemps entre les trois demoiselles de Trans, qui s'hébétaient à étudier la tenue supérieure de George, ses souliers du soir vernis sous la semelle, les baguettes brodées de ses chaussettes de soie, les boutons d'or guilloché de ses manchettes, la perle unique de son plastron de chemise, en un mot, les moindres brimborions de cet homme, aux yeux bridés et fins, dont la toilette leur représentait une existence d'une prodigalité fastueuse. Il était convenu entre elles qu'il exerçait une fatale influence sur Hubert. Tel n'était sans doute pas l'avis de Mme Liauran, car elle avait chargé George de chaperonner le jeune homme à travers la vie mondaine, lorsqu'elle avait désiré que son fils cultivât leurs relations de famille. La noble femme récompensait par cette marque de confiance la longue assiduité de son cousin. Il venait dans le paisible hôtel très régulièrement et depuis des années, soit que la sécurité de cette affection lui fût une douceur parmi les mensonges de la société parisienne, soit qu'il eût conçu depuis longtemps pour sa cousine Liauran un de ces cultes secrets comme les femmes très pures en inspirent parfois à leur insu aux misanthropes, et George avait cette nuance de pessimisme qui se rencontre chez beaucoup de viveurs de cercle. Le genre de caractère de cet homme, qui, en toute matière, était toujours incliné à croire le mal, faisait pour le général l'objet d'un étonnement que l'habitude n'avait pas calmé ; mais ce soir-là il négligeait d'y réfléchir, le souvenir de George Liauran ne faisant qu'aviver davantage celui d'Hubert. Invinciblement, le digne homme en arrivait à cette évidence : les deux pauvres Saintes ne pouvaient être tristes à ce degré qu'à cause de leur enfant. – Oui, mais pourquoi ?... Ce point d'interrogation, où se résumait toute cette rêverie, était plus présent que jamais à l'esprit du comte lorsque son équipage de douairière s'arrêta devant sa maison. De l'autre côté de la porte cochère, une autre voiture stationnait, dans laquelle Scilly crut reconnaître le petit coupé que Mme Liauran avait donné à son fils. « Est-ce vous, Jean ? » cria-t-il au cocher à travers la pluie. « Oui, monsieur le comte... » répondit une voix que Scilly reconnut avec saisissement. « Hubert m'attend chez moi, » se dit-il ; et il franchit le seuil de la porte, en proie à une curiosité qu'il n'avait pas éprouvée à ce degré depuis des années.

II

HUBERT LIAURAN

En dépit de cette curiosité, cependant, le général ne fit pas un geste plus rapide. L'habitude de la minutie militaire était trop forte chez lui pour qu'aucune émotion en triomphât. Il remit lui-même sa canne dans le porte-cannes, ôta ses gants fourrés l'un après l'autre et les posa sur la table de l'antichambre à côté de son chapeau, soigneusement placé sur le côté. Son domestique lui enleva son pardessus avec la même lenteur. Alors seulement il entra dans la pièce où ce domestique venait de lui dire que le jeune homme l'attendait depuis une demi-heure. C'était une salle d'un aspect sévère et qui indiquait la simplicité d'une existence réduite à ses besoins les plus stricts. Des rayons en bois de chêne, surchargés de livres, dont la seule apparence révélait des publications officielles, couraient sur deux des côtés. Des cartes et quelques trophées d'armes décoraient le reste. Un bureau, placé au milieu de la pièce, étalait des papiers classés par groupes, notes du grand ouvrage que le comte préparait indéfiniment sur la réforme de l'armée, en collaboration avec son ancien collègue et ami le général de Jardes. Deux manches de lustrine pliées avec méthode étaient posées entre les équerres et les règles. Un buste de Bugeaud ornait la cheminée, garnie d'une grille où un feu de coke achevait de brûler. Cette pièce était carrelée, et le tapis sur lequel portaient les pieds de la table ne les dépassait pas beaucoup. Sur cette table posait une lampe de cuivre poli, allumée en ce moment, dont l'abat-jour en carton vert éclairait mieux le visage du jeune Liauran, qui regardait le feu, assis de côté sur le fauteuil de paille et son menton appuyé sur sa main. Il était à ce point absorbé dans sa rêverie, qu'il paraissait n'avoir entendu ni le roulement de la voiture ni l'entrée du général dans la pièce. Jamais non plus ce dernier n'avait été frappé, comme à cette minute, par l'étonnante ressemblance qu'offrait la physionomie de cet enfant avec celle des deux femmes qui l'avaient élevé. Si Mme Liauran paraissait déjà plus frêle que sa mère, moins capable de suffire aux amertumes de la vie, cette fragilité s'exagérait encore chez Hubert. Son frac de drap mince – il était en tenue de soirée, avec un bouquet blanc à la boutonnière – dessinait ses grêles épaules. Les doigts qu'il allongeait contre sa tempe avaient la finesse de ceux d'une femme. La pâleur de son teint, que l'extrême régularité de sa vie teintait d'ordinaire de rosé, trahissait, en cette heure de tristesse, la profondeur du retentissement que chaque émotion éveillait dans cet organisme trop délicat. Un cercle de nacre se creusait autour de ses beaux yeux noirs ; mais, en même temps, un je ne sais quoi de hautain dans la ligne du front, coupé noblement ; la minceur énergique du nez, à peine busqué ; le pli de la lèvre, où s'effilait une moustache sombre ; l'arrêt du menton, frappé d'une mâle fossette ; d'autres signes encore, tels que la barre épaisse des sourcils froncés, trahissaient l'hérédité d'une race d'action chez l'enfant trop câliné des deux femmes solitaires. Si le général avait été aussi bon connaisseur en peinture qu'il était expert en armes, il eût certainement songé, devant ce visage, à ces portraits de jeunes princes peints par Van Dyck, où la finesse presque morbide d'une race vieillie se mélange à la persistante fierté d'un sang héroïque. Ce n'étaient pas des souvenirs de cet ordre qui le firent s'arrêter quelques secondes à cette contemplation avant de marcher vers la table. Hubert redressa cette tête charmante, que ses boucles brunes, en ce moment dérangées, achevaient de rendre presque pareille aux portraits exécutés par le peintre de Charles Ier. Il vit son parrain et se leva pour le saluer. Il était bien pris dans ; une taille petite, et rien qu'à la grâce avec laquelle il tendait la main on devinait la longue surveillance des yeux maternels. Nos façons ne restent-elles pas l'œuvre indestructible des regards qui nous ont suivis et jugés durant notre enfance ?

— « Tu as donc à me parler d'affaires bien graves ? » dit le général, allant droit au fait. « Je m'en doutais, » ajouta-t-il ; « j'ai laissé ta mère et ta grand'mère plus tristes que je ne les avais vues depuis la guerre d'Italie. Pourquoi n'étais-tu pas auprès d'elles ce soir ?... Si tu ne rends pas ces deux femmes heureuses, Hubert, tu es cruellement ingrat, car elles donneraient leur vie pour ton bonheur... Enfin, que se passe-t-il ?... »

Le général avait prononcé cette phrase en continuant à voix haute les pensées qui l'avaient tourmenté durant le trajet de la rue Vaneau à son logis. Il put voir, à mesure qu'il parlait, les traits du jeune homme s'altérer d'émotion. C'était une fatalité héréditaire du tempérament de cet enfant trop aimé, qu'un son de voix dure lui donnât toujours un petit spasme douloureux au cœur. Mais, sans doute, la dureté de l'accent du comte Scilly s'augmentait d'une autre dureté, celle de la signification de ses paroles. Elles mettaient à nu, brutalement, une plaie vive. Hubert s'assit comme brisé ; puis il répondit d'une voix qui, un peu voilée par nature, s'assourdissait encore à cette minute, sans essayer même de nier qu'il fût la cause du chagrin des deux femmes :

— « Ne m'interrogez pas, mon parrain ; je vous donne ma parole d'honneur que je ne suis pas coupable. Seulement, je ne peux pas vous expliquer le malentendu qui fait que je leur suis un objet de peine. Je ne le peux pas... Je suis sorti plus souvent que d'habitude, et c'est là mon seul crime... »

– « Tu ne me dis pas ; toute la vérité, »répliqua Scilly, adouci, bien qu'il en eût, par l'évidente douleur du jeune homme. « Ta mère et ta grand-mère te veulent par trop dans leurs jupons. Cela, je l'ai toujours pensé. On t'aurait élevé plus rudement si j'avais été ton père. Les femmes ne s'entendent pas à former un homme... Mais, depuis deux ans, est-ce qu'elles ne te poussent pas à fréquenter le monde ? Ce ne sont donc pas tes sorties qui leur font de la peine, c'est leur motif... » En prononçant cette phrase, qu'il considérait comme très habile, le comte regardait son filleul à travers la fumée d'une petite pipe de bois de bruyère qu'il venait d'allumer, – machinale habitude qui expliquait suffisamment l'acre atmosphère dont la chambre était saturée. Il vit les joues d'Hubert se colorer d'un soudain afflux de sang qui eût été, pour un observateur plus perspicace, un indéniable aveu. Il n'y a qu'une allusion, ou la crainte d'une allusion, sur une femme aimée qui ait le pouvoir de tant troubler un jeune homme aussi évidemment pur. Celui-ci appréhenda sans doute de s'être trahi, car il fut plus embarrassé encore pour répondre :

– « Je vous affirme, mon parrain, qu'il n'y a dans ma conduite rien dont je doive avoir honte. C'est la première fois que ni ma mère ni ma grand'-mère ne me comprennent.. Mais je ne leur céderai pas sur le point où nous sommes en lutte. Elles y sont injustes, affreusement injustes... » continua-t-il en se levant et faisant quelques pas. Cette fois, son visage exprimait non plus la souffrance, mais l'orgueil indomptable que l'atavisme militaire avait mis dans son sang. Il ne laissa pas au général le temps de relever des paroles qui, dans sa bouche de fils ordinairement très soumis, décelaient une extraordinaire intensité de passion. Il contracta son sourcil, secoua la tête comme pour chasser une obsédante idée, et, redevenu maître de lui :

– « Je ne suis pas venu ici pour me plaindre à vous, mon parrain, » dit-il ;

« vous me recevriez mal, et vous n'auriez pas tort… J'ai à vous demander un service, un grand service. Mais je voudrais que tout restât entre nous de ce que je vais vous confier. »

– « Je ne prends pas de ces engagements-là, » fit le comte. « On n'a pas toujours le droit de se taire, » ajouta-t-il. « Ce que je peux te promettre, c'est de garder ton secret si mon affection pour qui tu sais ne me fait pas un devoir de parler. Va, maintenant, et décide toi-même… »

– « Soit, » repartit le jeune homme après un silence durant lequel il avait, sans doute, jugé la situation où il se trouvait ; « vous agirez comme vous voudrez… Ce que j'ai à vous dire tient dans une courte phrase. Mon parrain, pouvez-vous me prêter trois mille francs ? »

Cette question était tellement inattendue pour le comte qu'elle changea, du coup, la suite de ses idées. Depuis le début de l'entretien, il cherchait à deviner le secret du jeune homme, qui était aussi le secret de ses deux amies, et il avait nécessairement pensé qu'il s'agissait de quelque aventure de femme. À vrai dire, cela n'était point pour le choquer. Bien que très dévot, Scilly était demeuré trop essentiellement soldat pour n'avoir pas sur l'amour des théories d'une entière indulgence. La vie militaire conduit ceux qui la mènent à une simplification de pensée qui leur fait admettre tous les faits, quels qu'ils soient, dans leur vérité. Une « gueuse », aux yeux de Scilly, c'était, pour ainsi dire, la maladie nécessaire. Il suffisait que cette maladie ne se prolongeât point et que le jeune homme n'y laissât pas trop de lui-même. Il conçut soudain un doute, pour lui plus affreux, car il considérait les cartes, sur son expérience du régiment, comme beaucoup plus dangereuses que les femmes.

– « Tu as joué ? » fit-il brusquement.

– « Non, mon parrain, » répondit le jeune homme en hésitant. « J'ai tout simplement dépensé ces mois-ci plus que ma pension ; j'ai des dettes à régler, et, » ajouta-t-il, « je pars après-demain pour l'Angleterre. »

– « Et ta mère sait ce voyage ? »

– « Sans doute ; je vais passer quinze jours à Londres chez mon ami de l'ambassade, Emmanuel Deroy, que vous connaissez. »

– « Si ta mère te laisse partir, » reprit le vieillard, qui continuait de poursuivre son enquête avec logique, « c'est que ta conduite à Paris l'a fait cruellement souffrir. Réponds-moi avec franchise. Tu as une maîtresse ? »
– « Non, » répondit vivement Hubert avec un nouveau passage de pourpre sur ses joues ; « je n'ai pas de maîtresse. »

– « Si ce n'est ni la dame de pique ni celle de cœur, » fit le général, qui ne douta pas une minute de la véracité de son filleul, – il le savait incapable d'un mensonge, – « me feras-tu l'honneur de me dire où s'en sont allés les cinq cents francs par mois que ta mère te donne, une paye de colonel, et pour ton argent de poche ?... »

– « Ah ! mon parrain, » reprit le jeune homme, visiblement soulagé, vous ne connaissez pas les exigences de la vie du monde. Tenez ! Hier, j'ai rendu à dîner au Café Anglais à trois amis ; c'est tout près de huit louis. J'ai dû offrir plusieurs bouquets, pris des voitures pour aller à la campagne, envoyé quelques souvenirs. On est si vite au bout de ces cinq billets de banque !... Bref, je vous le répète, j'ai des dettes que je veux payer, j'ai à suffire aux frais de mon voyage, et je ne veux pas m'adresser à ma mère en ce moment, ni à ma grand'mère. Elles ne savent pas ce que c'est que l'existence d'un jeune homme à Paris. À un premier malentendu, je ne veux pas en ajouter un second. Étant donnés nos rapports d'aujourd'hui, elles verraient des fautes où il n'y a eu que des nécessités inévitables. Et puis, une scène avec ma mère, je ne peux pas la supporter physiquement. »

– « Et si je refuse ?... » interrogea Scilly.

– « Je m'adresserai ailleurs, » fit Hubert ; « cela me sera terriblement pénible, mais je le ferai. »

Il y eut un silence entre les deux hommes. Toute l'histoire s'obscurcissait encore au regard du général, comme la fumée qu'il envoyait de sa pipe par bouffées méthodiques. Mais ce qu'il voyait nettement, c'était le caractère définitif de la résolution d'Hubert, quelle qu'en fût la cause secrète. Lui répondre non, autant l'envoyer à un usurier peut-être, ou du moins le contraindre à quelque démarche mortifiante pour son amour-propre. Avancer cette somme à son filleul, c'était s'acquérir, au contraire, un droit à suivre de plus près le mystère qui se cachait au fond de son exaltation, comme derrière la mélancolie des deux femmes. Et puis, pour tout dire, le comte aimait Hubert d'une affection bien voisine de la faiblesse. S'il avait été remué profondément par le désespoir morne de Mme Liauran et de Mme Castel, il était maintenant bouleversé par la douloureuse angoisse écrite sur le visage de cet enfant, qu'il traitait dans sa pensée en fils adoptif aussi cher que l'eût été un fils véritable.

– « Mon ami, » dit-il en prenant la main d'Hubert et avec un son de voix où rien ne transparaissait plus de la dureté du commencement de leur conversation, « je t'estime trop pour croire que tu m'associerais à quelque action qui déplût à ta mère. Je ferai ce que tu désires, mais à une condition… » et comme les yeux d'Hubert trahissaient une inquiétude nouvelle : « Rassure-toi, c'est tout simplement que tu me fixes la date où tu comptes me rembourser cet argent. Je veux bien t'obliger, » continua le vieux soldat ; « mais cela ne serait digne ni de toi, si tu m'empruntais une somme que tu crusses ne pas pouvoir rendre, ni de moi, si je me prêtais à un calcul de cet ordre… Veux-tu revenir demain dans l'après-midi ? Tu m'apporteras le tableau de ce que tu peux distraire chaque mois de ta pension… Ah ! il ne faudra plus offrir de bouquets, de dîners au Café Anglais ni de souvenirs… Mais n'as-tu pas vécu si longtemps sans cette sotte dépense ?… » Ce petit discours, où l'esprit d'ordre essentiel au général, sa bonté de cœur et son sentiment de la régularité de la vie se mélangeaient en égale proportion, toucha Hubert si profondément qu'il serra les doigts de son parrain sans répondre, comme brisé par des émotions qu'il n'avait pas dites. Il se doutait bien, tandis que cette entrevue avait lieu au quai d'Orléans, que la veillée se prolongeait à l'hôtel de la rue Vaneau et que deux êtres profondément aimés y commentaient son absence. Comme si un fil mystérieux l'eût uni à ces deux femmes assises au coin de leur feu solitaire, il souffrait des douleurs qu'il causait... En effet, dans le petit salon paisible, une fois le général parti, les « deux Saintes » étaient demeurées longtemps silencieuses. Du fracas de la vie parisienne, il n'arrivait à elles qu'un vaste et confus bourdonnement, analogue à celui d'une mer entendu de très loin. C'était le symbole de ce qu'avait été si longtemps la destinée de Mme Castel et de sa fille, que l'intimité de cette pièce close, avec cette rumeur de la vie au dehors. Marie-Alice Liauran, couchée sur sa chaise longue, si mince dans ses vêtements noirs, semblait écouter cette rumeur, – ou ses pensées, – car elle avait abandonné l'ouvrage auquel elle travaillait, tandis que sa mère continuait de manier le crochet d'écaillé de son tricot, assise dans sa bergère, toute en noir aussi ; et, quelquefois, elle levait les yeux, avec un regard où se lisait une double inquiétude. Les sensations que sa fille ressentait, elle les éprouvait, elle, et pour Hubert, et pour cette fille dont elle connaissait la délicatesse presque morbide. Ce ne fut pas elle, cependant, qui rompit la première le silence. Ce fut Mme Liauran, qui, tout d'un coup et comme prolongeant sa rêverie, se prit à gémir :

– « Ce qui rend ma peine plus intolérable encore, c'est qu'il voit la blessure qu'il m'a faite au cœur, et que cela ne l'arrête pas, lui qui, toujours, depuis son enfance jusqu'à ces derniers six mois, ne pouvait pas rencontrer une ombre dans mes yeux, un pli sur mon front, sans que son visage s'altérât. Voilà ce qui me démontre la profondeur de sa passion pour cette femme... Quelle passion et quelle femme !... »

– « Ne t'exalte pas, » dit Mme Castel en se levant et s'agenouillant devant la chaise longue de sa fille. » Tu as la fièvre, » fit-elle en lui prenant la main. Puis, d'une voix abaissée et comme descendant au fond de sa conscience : « Hélas ! mon enfant, tu es jalouse de ton fils comme j'ai été jalouse de toi. J'ai mis tant de jours, je peux bien te le dire maintenant, à aimer ton mari... »

– « Ah ! ma mère, » reprit Mme Liauran, « ce n'est pas la même douleur. Je ne me dégradais pas en donnant une partie de mon cœur à l'homme que vous m'aviez permis de choisir, tandis que vous savez ce que notre cousin George nous a dit de cette Mme de Sauve, et de son éducation par cette mère indigne, et de sa réputation depuis qu'elle est mariée, et de ce mari qui tolère que sa femme tienne un salon de conversations plus que libres, et de ce père, cet ancien préfet, qui, devenu veuf, a élevé sa fille pêle-mêle avec ses maîtresses. Je l'avoue, maman, si c'est un égoïsme de l'amour maternel, j'ai eu cet égoïsme : j'ai souffert d'avance à l'idée qu'Hubert se marierait, qu'il continuerait sa vie en dehors de la mienne. Mais je me donnais si tort de sentir ainsi, – au lieu que, maintenant, on me l'a pris pour le flétrir !... »

Pendant quelques minutes encore, elle prolongea cette violente lamentation, dans laquelle se révélait l'espèce de frénésie passionnée qui avait fait se concentrer autour de son fils toutes les énergies de son cœur. Ce n'était pas seulement la mère qui souffrait en elle, c'était la catholique fervente, pour qui les fautes humaines étaient des crimes abominables ; c'était la veuve isolée et triste, à qui la rivalité avec une femme, élégante, riche et jeune, infligeait une secrète humiliation ; enfin, tout son cœur saignait à toutes ses places. Le spectacle de cette souffrance poignait si cruellement Mme Castel, et ses yeux exprimèrent une si douloureuse pitié, que Marie-Alice Liauran s'interrompit pourtant de sa plainte. Elle se releva sur sa chaise longue, mit un baiser sur ces pauvres yeux, – si pareils aux siens, – et elle dit : « Pardonnez-moi, maman, mais à qui dirais-je mon mal, si ce n'est à vous ? Et puis, ne le verriez-vous point ?... Hubert ne rentre pas, » fit-elle en regardant la pendule, dont le balancier continuait d'aller et de venir paisiblement, « Est-ce que vous croyez que je n'aurais pas dû m'opposer à ce voyage en Angleterre ? »

– « Non, mon enfant. S'il va rendre visite à son ami, pourquoi user ton pouvoir en vain ? Et s'il partait pour quelque autre motif, il ne t'obéirait pas. Songe qu'il a vingt-deux ans et qu'il est un homme. »

– « Je deviens folle, ma mère. Il y a longtemps que ce voyage était arrêté. J'ai vu les lettres d'Emmanuel. Mais quand je souffre, je ne peux plus raisonner. Je ne vois que mon chagrin, qui me bouche toute ma pensée... Ah ! comme je suis malheureuse !... »

III

JEUNES AMOURS

S'il fallait une preuve nouvelle aux vieilles théories sur là multiplicité foncière de notre personne, on la trouverait dans cette loi, habituel objet d'indignation pour les moralistes, qui veut que le chagrin des êtres les plus aimés ne puisse, à de certaines minutes, nous empêcher d'être heureux. Il semble que nos sentiments soutiennent dans notre cœur, et les uns contre les autres, une sorte de lutte pour la vie. L'intensité d'existence de l'un d'entre eux, même momentanée, ne s'obtient guère que par l'exténuation des autres. Il est certain qu'Hubert Liauran chérissait éperdument ses deux mères, – comme il appelait toujours les deux femmes qui l'avaient élevé. Il est certain qu'il avait deviné qu'elles tenaient ensemble, depuis bien des jours, des conversations analogues à celle du soir où il avait emprunté à son parrain les trois mille francs dont il avait besoin pour régler ses dettes et suffire à son voyage. Et cependant, lorsqu'il fut monté, au surlendemain de ce soir, dans le train qui l'emportait vers Boulogne, il lui fut impossible de ne pas se sentir l'âme comme noyée dans une félicité divine. Il ne se demandait pas si le comte Scilly parlerait ou non de sa démarche ; il écartait cette appréhension, comme il éloignait le souvenir des yeux de Mme Liauran à l'instant de son départ, comme il étouffait les scrupules que pouvait lui donner sa piété intransigeante. S'il n'avait pas menti absolument à sa mère en lui disant qu'il allait rejoindre à Londres son ami Emmanuel Deroy, il avait pourtant trompé cette mère jalouse en lui cachant qu'à Folkestone il retrouverait Mme de Sauve. Or, Mme de Sauve n'était pas libre. Mme de Sauve était mariée, et pour un jeune homme élevé comme l'avait été le pieux Hubert, aimer une femme mariée constituait une faute inexpiable. Hubert devait se croire et se croyait en état de péché mortel. Son catholicisme, qui n'était pas une religion de mode et d'attitude, ne lui laissait aucun doute sur ce point. Mais, religion, famille, devoir de franchise, crainte de l'avenir, ces nobles fantômes de la conscience ne lui apparaissaient qu'à l'état de fantômes, vaines images sans puissance et qui s'évanouissaient devant l'évocation vivante de cette femme qui, depuis cinq mois, était entrée dans son cœur pour tout y renouveler ; – de la femme qu'il aimait et dont il se savait aimé. En répondant à son parrain qu'il n'avait pas de maîtresse, Hubert avait dit vrai, en ceci qu'il n'était pas l'amant de Mme de Sauve au sens de possession physique et entière où l'on prend aujourd'hui ce terme. Elle ne lui avait jamais appartenu, et c'était la première fois qu'il allait se trouver réellement seul avec elle dans cette solitude d'un pays étranger, – rêve secret de chaque être qui aime. Tandis que le train courait à toute vapeur parmi les plaines tour à tour ondulées de collines, coupées de cours d'eau, hérissées d'arbres dénudés, le jeune homme égrenait longuement le secret rosaire de ses souvenirs. Le charme des heures passées lui était rendu plus cher par l'attente d'il ne savait quel immense bonheur. Quoique le fils de Mme Liauran eût vingt-deux ans, la rigueur de son éducation l'avait maintenu dans cet état de pureté si rare parmi les jeunes gens de Paris, lesquels ont pour la plupart épuisé le plaisir avant d'avoir même soupçonné l'amour. Mais ce dont cet enfant ne se rendait pas compte, c'est que, précisément, cette pureté avait agi, mieux que les roueries les plus savantes, sur l'imagination romanesque de la femme dont le profil passait et repassait devant ses regards au gré des mouvements du wagon, se détachant tour à tour sur les bois, sur les coteaux et sur les dunes. Combien d'images emporte ainsi un train qui fuit, et, avec elles, combien de destinées, précipitées vers le bonheur ou vers le malheur, dans le lointain et l'inconnu !… C'est au commencement du mois d'octobre de l'année précédente qu'Hubert avait vu Mme de Sauve pour la première fois. À cause de la santé de Mme Liauran, que le moindre voyage eût menacée, les deux femmes ne quittaient jamais Paris ; mais le jeune homme allait parfois, durant l'été ou l'automne, passer une moitié de semaine dans quelque château. Il revenait d'une de ces visites, en compagnie de son cousin George. À une station située sur cette même ligne du Nord qu'il suivait maintenant, il avait, en montant dans un wagon, rencontré la jeune femme avec son mari. Les de Sauve étaient en relations avec George, et c'est ainsi qu'Hubert avait été présenté. M. de Sauve était un homme d'environ quarante-sept ans, très grand et fort, avec un visage déjà trop rouge et les traces, à travers sa vigueur, d'une usure qui s'expliquait, rien qu'à écouter sa conversation, par sa manière d'entendre la vie. Exister, pour lui, c'était se prodiguer, et il réalisait ce programme dans tous les sens. Chef de cabinet d'un ministre en 1869, jeté après la guerre dans la campagne de propagande bonapartiste, député depuis lors et toujours réélu, mais député agissant et qui pratiquait ses électeurs, il s'était en même temps de plus en plus lancé dans ce monde de luxe et de plaisir qui a son quartier général entre le parc Monceau et les Champs-Elysées. Il avait un salon, donnait des dîners, s'occupait de sport, et il trouvait encore le loisir de s'intéresser avec compétence et succès à des entreprises financières. Ajoutez à cela qu'avant son mariage il avait beaucoup fréquenté le corps de ballet, les coulisses des petits théâtres et les cabinets particuliers. La nature fabrique ainsi certains tempéraments, comme des machines à grosses dépenses, et, par suite, à grosses recettes. Tout, dans André de Sauve, révélait le goût de ce qui est ample et puissant, depuis la construction de son grand corps jusqu'à sa manière de se vêtir et jusqu'au geste par lequel il prenait un long et noir cigare dans son étui, pour le fumer. Hubert se souvenait d'avoir éprouvé pour cet homme aux mains et aux oreilles velues, aux larges pieds, à l'encolure de dragon, la sorte de répulsion physique dont nous souffrons à la rencontre d'une physiologie exactement contraire à la nôtre. N'y a-t-il pas des respirations, des circulations du sang, des jeux de muscles que nous sentons hostiles, probablement grâce à cet indéfinissable instinct de la vie qui pousse deux animaux d'espèce différente à se déchirer aussitôt qu'ils s'affrontent ? A. vrai dire, l'antipathie du délicat Hubert pouvait s'expliquer plus simplement par une inconsciente et subite jalousie envers le mari de Mme de Sauve ; car Thérèse, comme ce mari l'appelait en la tutoyant, avait aussitôt exercé sur le jeune homme un attrait irrésistible. Il avait souvent feuilleté, durant son enfance, un portefeuille de gravures rapportées d'Italie par son grand-aïeul, le soldat de Bonaparte, et, au premier regard jeté sur cette femme, il ne put s'empêcher de se souvenir des têtes dessinées par les maîtres de l'École lombarde, tant la ressemblance était frappante entre ce visage et celui des Salomés ou des madones familières à Luini et à ses élèves. C'était le même front plein et large, les mêmes grands yeux chargés de paupières un peu lourdes, le même ovale délicieux du bas des joues, terminé sur un menton presque carré, la même sinuosité des lèvres la même suave attache des sourcils à la naissance du nez, et, sur ces traits charmants, comme une suffusion de volupté, de grâce et de mystère. Mme de Sauve avait aussi, de ce type si absolument Italien, le cou vigoureux, les épaules larges, tous les signes d'une race fine et forte, avec une taille mince, des mains et des pieds d'enfant. Ce qui la distinguait des femmes Luinesques, c'était la couleur de ses cheveux, qu'elle avait non pas roux et dorés, mais très noirs, et de ses prunelles, dont le gris brouillé tirait sur le vert. La pâleur ambrée de son teint achevait, ainsi que la lenteur languissante qu'elle mettait à ses moindres mouvements, de donner à sa beauté un caractère singulier. Il était impossible, devant cette créature, de ne pas penser à quelque portrait du temps passé, quoiqu'elle respirât la jeunesse, avec la pourpre de sa bouche et le fluide vivant de ses yeux, et quoiqu'elle fût habillée à la mode du jour, le buste serré dans une jaquette ajustée de nuance sombre. La jupe de sa robe taillée dans une étoffe anglaise d'une teinte grise, ses pieds chaussés de bottines jaunes, son petit col d'homme, sa cravate droite piquée d'une épingle garnie d'un mince fer à cheval en diamants, ses gants de Suède et son chapeau rond ne rappelaient guère la toilette des princesses du seizième siècle ; et cependant elle offrait au regard le modèle accompli de la grâce milanaise, même sous ce costume d'une Parisienne élégante. Par quel mystère ? Elle était la fille de Mme Lussac, née Bressuire, dont les parents n'avaient pas quitté la rue Saint-Honore depuis trois générations, et d'Adolphe Lussac, le préfet de l'Empire, venu d'Auvergne à la suite de M. Rouher. La chronique des clubs aurait répondu à cette question en rappelant le passage à Paris, vers les environs de 1855, du beau comte Branciforte, ses yeux d'un gris verdâtre, sa pâleur mate, son assiduité auprès de Mme Lussac et sa disparition soudaine hors d'un milieu où, pendant des mois et des mois, il avait été toujours présent. Mais ces renseignements-là, Hubert ne devait jamais les avoir. Il appartenait, de par son éducation et de par sa nature, à la lignée de ceux qui acceptent les données officielles de la vie et qui en ignorent les causes profondes, l'animalité foncière, la tragique doublure, – race heureuse, car à elle appartient la jouissance de la fleur des choses ; race vouée d'avance aux catastrophes, car, seule, la vue nette du réel permet de manier un peu le réel. Non ; ce qu'Hubert Liauran se rappelait de cette première entrevue, ce n'était pas des réflexions sur la singularité du charme de Mme de Sauve. Il ne s'était pas davantage interrogé sur la nuance de caractère que pouvaient indiquer les mouvements de cette femme. Au lieu d'étudier ce visage, il en avait joui, comme un enfant goûte la fraîcheur d'une atmosphère, avec une sorte de délice inconscient. L'absence complète d'ironie qui distinguait Thérèse et se reconnaissait à son lent sourire, à son calme regard, à sa voix égale, à ses gestes tranquilles, lui avait été aussitôt une douceur. Il n'avait pas senti devant elle ces angoisses de la timidité douloureuse que le coup d'œil incisif de la plupart des Parisiennes inflige aux très jeunes gens. Durant le trajet qu'ils avaient fait ensemble, lui placé en face d'elle, et tandis qu'André de Sauve et George Liauran parlaient d'une loi sur les congrégations religieuses dont la teneur remuait alors tous les partis, il avait pu causer avec Thérèse longuement et, sans qu'il comprit pourquoi, intimement. Lui qui se taisait d'ordinaire sur lui-même, avec l'obscure idée que l'excitabilité presque folle de son être faisait de lui une exception sans analogue, il s'était ouvert à cette femme de vingt-cinq ans, et qu'il connaissait depuis une demi-heure, plus que cela ne lui était jamais arrivé avec des personnes chez lesquelles il dînait tous les quinze jours. À propos d'une question de Thérèse sur ses voyages de l'été, il avait comme naturellement parlé de sa mère malade, puis de sa grand'mère, puis de leur vie en commun. Il avait entre-bâillé pour cette étrangère le secret asile de l'hôtel de la rue Vaneau, – non pas sans remords ; mais le remords était venu plus tard, et moins d'un sentiment de pudeur profanée que de la crainte d'avoir déplu, et lorsqu'il était sorti du cercle de ses regards. Qu'ils étaient captivants, en effet, ces lents regards ! Il émanait d'eux une inexprimable caresse ; et quand ils se posaient sur vos yeux, bien en face, c'était comme un attouchement tendre, presque une volupté physique. Après des jours, Hubert se rappelait encore l'espèce de bien-être enivrant qu'il avait éprouvé dès cette première causerie, rien qu'à se sentir regardé ainsi ; et ce bien-être avait grandi aux entrevues suivantes, jusqu'à devenir aussitôt un véritable besoin pour lui, comme de respirer et comme de dormir. Mme de Sauve lui avait dit, en descendant du wagon, qu'elle était chez elle chaque jeudi, et il avait bientôt appris le chemin de l'appartement où elle habitait, dans la portion du boulevard Haussmann qui touche à l'Opéra. Dans quel recoin de son cœur avait-il trouvé l'énergie de faire cette visite dès le premier jeudi, qui tombait le surlendemain de leur rencontre ? Il avait été prié à dîner. Il se rappelait si vivement l'enfantin plaisir qu'il avait eu à lire et à relire l'insignifiant billet d'invitation, à en respirer le parfum léger, à suivre le détail des lettres de son nom écrites par la main de Thérèse.

C'était une écriture à laquelle l'abondance des petits traits inutiles donnait un aspect particulier, léger et fantasque, où un graphologue aurait voulu lire le signe d'une nature romanesque. En même temps, la large façon dont les lignes étaient jetées et la fermeté des pleins, où la plume appuyait un peu grassement, indiquaient une façon de vivre volontiers pratique et presque matérielle. Hubert, lui, ne raisonna pas tant ; mais, dès ce premier billet, chaque lettre de cette écriture devint pour ses yeux une personne qu'ils auraient reconnue entre des milliers d'autres. Avec quelle félicité il s'était habillé pour se rendre à ce dîner, en se disant qu'il allait voir Mme de Sauve pendant de longues heures, – des heures qui, comptées par avance, lui paraissaient infinies ! Il avait éprouvé un étonnement un peu fâché lorsque sa mère, au moment où il prenait congé d'elle, avait émis une observation critique sur les habitudes de familiarité inaugurées par le monde d'aujourd'hui. Séparé de ces événements par des mois, il retrouvait, grâce à l'imagination spéciale dont il était doué, comme toutes les créatures très sensibles, l'exacte nuance de l'émotion que lui avaient causée durant ce dîner et durant la soirée l'attitude des convives et celle de Thérèse.. C'est le plus ou moins de puissance que nous avons de nous figurer à nouveau les peines et les plaisirs passés qui fait de nous des êtres capables de froid calcul ou des esclaves de notre vie sentimentale. Hélas ! toutes les facultés d'Hubert conspiraient pour river autour de son cœur la chaîne meurtrissante des trop chers souvenirs. Thérèse portait, ce premier soir, une robe de dentelle noire avec des nœuds rosés, et nul autre bijou qu'une lourde tresse d'or massif à chacun de ses poignets. Elle était à demi décolletée, trop peu pour que le jeune homme, dont la pudeur était, sur ce point, d'une susceptibilité virginale, en fût choqué. Il y avait dans le salon, lorsqu'il y entra, quelques personnes, dont pas une, à l'exception de George Liauran, ne lui était connue. C'étaient, pour la plupart, des hommes célèbres, à des titres divers, dans la société plus particulièrement nommée parisienne par les journaux qui se piquent de suivre la mode. La première sensation d'Hubert avait été un léger froissement, par ce seul fait que quelques-uns de ces hommes offraient à l'observateur malveillant plusieurs des petites hérésies de toilette familières aux plus méticuleux s'ils sont allés trop tard dans le monde. C'est un habit d'une coupe ancienne, un col de chemise mal taillé, plus mal blanchi, une cravate d'un blanc qui tourne au bleu et nouée d'une main maladroite. Ces misères devaient apparaître comme les signes d'un rien de bohème – le mot sous lequel les gens corrects confondent toutes les irrégularités sociales – au regard d'un jeune homme habitué à vivre sous la surveillance continue de deux femmes d'une rare éducation, qui avaient voulu faire de lui quelque chose d'irréprochable. Mais ces menus signes d'une tenue insuffisante avaient rendu plus gracieuse encore à ses yeux la distinction accomplie de Thérèse, de même que la liberté parfois cynique des discours débités à table avait donné pour lui une signification charmante aux silences de la maîtresse de la maison. Mme Liauran ne s'était pas trompée en affirmant qu'il se tenait chez les de Sauve des propos très hardis. Le soir où Hubert dînait là pour la première fois, il fut question, dans la demi-heure du début, d'un procès en adultère, et un grand avocat donna quelques détails inédits du dossier ; – des mœurs abominables d'un homme politique, arrêté aux Champs-Élysées ; – des deux maîtresses d'un autre politicien et de leur rivalité, – cela raconté comme on raconte seulement à Paris, avec ces demi-mots qui permettent de tout dire. Beaucoup d'allusions échappaient à Hubert ; aussi était-il moins choqué de pareils récits qu'il ne l'était d'autres discours portant sur les idées, tels que ce paradoxe lancé par Claude Larcher, alors dans tout l'éclat de ses premiers succès au théâtre, et qui d'ailleurs n'en croyait pas un mot : « Hé, ! le divorce ! le divorce ! » disait Claude, avec les gestes excessifs dont il ne devait jamais se déshabituer, « il a du bon ; mais c'est une solution beaucoup trop simple pour un problème très compliqué… Ici, comme ailleurs, le christianisme a faussé toutes nos idées… Le propre des sociétés avancées est de produire beaucoup d'hommes d'espèces très différentes, et le problème consiste à fabriquer un aussi grand nombre de morales qu'il y a de ces espèces… Je voudrais, moi, que la loi reconnût des mariages de cinq, de dix, de vingt catégories, suivant le degré de délicatesse des conjoints… Nous aurions ainsi des unions pour la vie, destinées aux personnes d'un scrupule aristocratique… Pour les personnes d'une conscience moins raffinée, nous établirions des contrats avec facilité pour un, pour deux, pour trois divorces. Pour des personnes encore inférieures, nous aurions les liaisons temporaires de cinq ans, de trois ans, d'un an. »

– « On se marierait comme on fait un bail, alors… « dit un mauvais plaisant.

– « Pourquoi pas ? » continua Claude ; « le siècle se vante d'être révolutionnaire, et il n'a jamais osé ce que le plus petit législateur de l'antiquité entreprenait sans hésitation : toucher aux mœurs. »

– « Je vous vois venir, » répliqua André de Sauve ; « vous voudriez assimiler les mariages aux enterrements : première, seconde, troisième classe… »

Aucun des convives, que cette tirade et la réponse divertissaient parmi l'éclat des cristaux, les parures des femmes, les pyramides des fruits et les touffes de fleurs, ne se doutait de l'indignation qu'une pareille causerie soulevait chez Hubert. Qui donc aurait pris garde à ce tout jeune homme, silencieux et modeste, à l'un des bouts de la table ? Il se sentait, lui, cependant, froissé jusqu'à l'âme dans les convictions intimes de son enfance et de sa jeunesse, et il jetait à la dérobée le regard sur Thérèse. Elle ne prononça pas cinquante paroles durant ce dîner. Elle semblait être partie, en idée, bien loin de cette conversation qu'elle était censée gouverner ; et, comme si on eût été habitué à ces absences, personne n'essayait d'interrompre sa rêverie. Elle avait ainsi des heures entières où elle s'absorbait en elle-même. La pâleur de son visage devenait plus chaude ; l'éclat de ses yeux se retournait en dedans, pour ainsi dire ; ses dents apparaissaient blanches, minces et serrées, à travers ses lèvres, qui s'entr'ouvraient. À quoi pensait-elle, en ces minutes, et par quelle secrète magie ces mêmes minutes étaient-elles celles où elle agissait le plus fortement sur l'imagination de ceux qui subissaient son charme ? Un physiologiste aurait sans doute attribué ces soudaines torpeurs à des passages d'émotion nerveuse. N'y avait-il pas là le signe d'un égarement de sensualité contre lequel cette passionnée créature luttait de toutes ses forces ? Hubert Liauran n'avait vu dans le silence de ce soir que la désapprobation d'une femme délicate contre les discours des amis imposés par son mari. Ç'avait été pour lui une suprême douceur de se rapprocher d'elle et de lui parler au sortir de ce dîner où ses plus chères croyances avaient été blessées. Il s'était assis sous le regard de ses yeux, redevenus limpides, et dans un des coins du salon, – une pièce toute meublée à la moderne ; et l'opulence de ce petit musée, ses peluches, ses étoffes anciennes, ses bibelots japonais, contrastaient aussi absolument avec l'appartement sévère de la rue Vaneau que l'existence de Mme Castel et de Mme Liauran pouvait contraster avec celle de Mme de

Sauve. Au lieu de reconnaître cette évidente différence et de partir de là pour étudier la nouveauté du monde où il se trouvait, Hubert s'abandonnait à un sentiment trop naturel à ceux dont l'enfance a grandi dans une atmosphère de féminine gâterie. Habitué par les deux nobles créatures qui avaient veillé sur sa jeunesse à toujours associer l'idée de la femme à quelque chose d'inexprimablement délicat et pur, il était immanquable que l'éveil de l'amour s'accomplît chez lui dans une sorte de religieuse presque et de respectueuse émotion. Il devait étendre sur la personne qu'il chérirait, quelle qu'elle fut, la dévotion conçue par lui pour les saintes dont il était le fils. En proie à cet étrange déplacement d'idées, il avait, dès ce premier soir, et rentré chez lui, parlé de Thérèse à sa mère et à sa grand'mère, qui l'attendaient, dans des termes qui avaient dû éveiller la défiance des deux femmes. Il le comprenait aujourd'hui. Mais quel est le jeune homme qui a pu commencer d'aimer sans être précipité par la dangereuse ivresse des débuts d'une passion dans des confidences irréparables et trop souvent meurtrières à l'avenir même de son sentiment ? De quelle manière et par quelles étapes ce sentiment avait-il pénétré en lui ? Cela, il n'aurait pas su le dire. Lorsqu'une fois on aime, ne semble-t-il pas qu'on ait aimé toujours ? Des scènes s'évoquaient cependant et rappelaient à Hubert l'insensible accoutumance qui l'avait conduit à voir Thérèse plusieurs fois par semaine. Mais n'avait-il pas été présenté peu à peu chez elle à toutes ses amies, et, aussitôt ses cartes déposées, ne l'avait-on pas prié de toutes parts dans ce monde qu'il connaissait à peine et qui se composait, pour une partie, de hauts fonctionnaires du régime tombé ; pour une autre partie, de grands industriels et de financiers Israélites ; pour un tiers enfin, d'artistes célèbres et de riches étrangers ? Cela faisait une libre société de luxe, de plaisir et de mouvement, dont le ton devait beaucoup déplaire au jeune homme ; car, s'il n'en pouvait comprendre les qualités d'élégance et de finesse, il en sentait bien le terrible défaut : le manque de silence, de vie morale et de longues habitudes. Ah ! il s'agissait bien pour lui d'observations de ce genre, préoccupé qu'il était uniquement de savoir où il apercevrait Mme de Sauve et ses tendres yeux. D'innombrables heures se représentaient à lui où il l'avait rencontrée : – tantôt chez elle, assise au coin de son feu vers la tombée de l'après-midi et abîmée dans une de ses taciturnes rêveries ; – tantôt en visite, habillée d'une toilette de ville, et souriant, avec sa bouche d'Hérodiade, à des conversations de robes ou de chapeaux ; – tantôt sur le devant d'une loge de théâtre et causant à mi-voix durant un entr'acte ; – tantôt dans le tumulte de la rue, emportée par son cheval bai cerise et inclinant sa tête à la portière par un geste gracieux. Le souvenir de cette voiture déterminait chez Hubert une nouvelle association d'idées, et il revoyait l'instant où il avait, pour la première fois, avoué le secret de ses sentiments. Mme de Sauve et lui s'étaient, ce jour-là, rencontrés vers les cinq heures dans un salon de l'avenue du Bois-de-Boulogne, et comme la pluie commençait à s'abattre, intarissable, la jeune femme avait proposé à Hubert, venu à pied, de le reconduire dans sa voiture, ayant, disait-elle, une visite à faire près de la rue Vaneau, qui lui permettrait de le déposer sur le chemin, à sa porte. Il avait pris place, en effet, auprès d'elle dans l'étroit coupé doublé de cuir vert où traînait un peu de cette atmosphère subtile qui fait de la voiture d'une femme élégante un petit boudoir roulant, avec les vingt menus objets d'une jolie installation. La boule d'eau chaude tiédissait sous les pieds ; sur le devant, la glace posée dans sa gaine attendait un regard ; le carnet placé dans la coupe, avec son crayon et ses cartes de visite, parlait de corvées mondaines ; la pendule accrochée à droite marquait la rapidité de la fuite de ces minutes douces ; un livre entr'ouvert et glissé à la place où l'on met d'ordinaire les emplettes portatives révélait que Thérèse avait pris chez le libraire le roman à la mode. Au dehors, c'était, dans les rues, où les lumières commençaient de s'allumer, le déchaînement d'un glacial orage d'hiver. Thérèse, enveloppée d'un long manteau qui dessinait sa taille, se taisait. Au triple reflet des lanternes de la voiture, du gaz de la rue et du jour mourant, elle était si adorablement pâle et belle, qu'à bout d'émotion Hubert lui prit la main. Elle ne la retira pas. Elle le regardait avec des yeux immobiles, comme noyés de larmes qu'elle n'eût pas osé répandre. Il lui dit, sans même entendre le son de ses propres paroles, tant ce regard le grisait : « Ah ! comme je vous aime !... » Elle pâlit davantage encore, et elle lui mit sur la bouche sa main gantée pour le faire taire. Il se mit à baiser cette main follement, en cherchant la place où l'échancrure du gant permettait de sentir la chaleur vivante du poignet. Elle répondit à cette caresse par ce mot que toutes les femmes prononcent dans des minutes pareilles, mot si simple, mais dans lequel tant d'inflexions se glissent, depuis la plus mortelle indifférence jusqu'à la tendresse la plus émue : – « Vous êtes un enfant... » Il l'interrogea : – « M'aimez-vous un peu ?... » Et alors, comme elle le regardait avec ces mêmes yeux par lesquels un rayon de félicité s'échappait, il put l'entendre qui, d'une voix étouffée, murmurait : – « Beaucoup. »

Pour la plupart des jeunes gens de Paris, une telle scène aurait été le prélude d'un effort vers la complète possession d'une créature aussi évidemment éprise, et cet effort eût peut-être échoué. Car une femme du monde qui veut se défendre trouve mille moyens de ne pas se donner, même après des aveux de ce genre ou des marques plus compromettantes d'attachement, pour peu qu'elle soit coquette. La coquetterie n'était pas plus le cas de Mme de Sauve que l'audace physique n'était le cas de l'enfant de vingt-deux ans dont elle était aimée. Ces deux êtres ne se voyaient-ils point placés par le hasard dans une situation de la plus étrange délicatesse ? Il était, lui, incapable d'entreprendre davantage, à cause de son entière pureté. Quant à elle, comment n'aurait-elle pas compris que s'offrir à lui, c'était risquer d'être aimée moins ? De telles difficultés sont plus fréquentes que la fatuité des hommes ne l'avoue, dans les conditions faites aux sentiments par les habitudes modernes. Entre deux personnes qui s'aiment, dans l'état présent des mœurs, toute action devient en même temps un signe ; et comment une femme qui sait cela n'hésiterait-elle pas à compromettre pour jamais son bonheur en voulant l'étreindre trop vite ? Thérèse obéissait-elle à cette raison de prudence, ou bien trouvait-elle dans les respects brûlants de son ami un plaisir de cœur d'une nouveauté délicieuse ? Chez tous les hommes qu'elle avait rencontrés avant celui-ci, l'amour n'était qu'une forme déguisée du désir, et le désir lui-même une forme enivrée de l'amour-propre. Toujours est-il que, durant les mois qui suivirent ce premier aveu, elle accorda au jeune homme chacun des rendez-vous qu'il lui demanda, et chacun de ces rendez-vous demeura aussi essentiellement innocent qu'il était clandestin. Tandis que le train de Boulogne emportait Hubert vers la plus désirée de ces rencontres, il se ressouvenait des anciennes, de ces passionnantes et dangereuses promenades, hasardées presque toutes à travers le Paris matinal. Ils avaient ainsi aventuré leur naïve et coupable idylle dans les divers endroits où il semblait le plus invraisemblable qu'une personne de leur monde pût les rencontrer. Combien de fois avaient-ils visité, par exemple, les tours de Notre-Dame, où Thérèse aimait à promener sa grâce jeune parmi les vieux monstres de pierre sculptés sur les balustrades ? À travers les minces fenêtres en ogive de la montée, ils regardaient tour à tour l'horizon du fleuve encaissé entre ses quais et de la rue encaissée entre ses maisons. Il y avait, dans une des bâtisses tapies à l'ombre de la cathédrale, du côté de la rue Chanoinesse, un petit appartement au cinquième étage, prolongé par, une terrasse, derrière les vitres duquel ils imaginaient un roman pareil au leur, parce qu'ils y avaient vu deux fois une jeune femme et un jeune homme qui déjeunaient, assis à une même table ronde et la fenêtre entr'ouverte. Quelquefois les rafales du vent de décembre grondaient autour de la basilique. Des tourmentes de neige fondue battaient les murs. Thérèse n'en était pas moins exacte au rendez-vous, descendant de son fiacre devant le grand portail, traversant l'église pour sortir sur le côté, puis retrouver Hubert dans le sombre péristyle qui précède les tours. Ses fines dents brillaient dans son joli sourire ; sa taille mince paraissait plus élégante encore dans ce décor de l'ancienne cité. Sa grâce heureuse semblait agir même sur la vieille gardienne qui distribue les cartes, du fond de sa loge et parmi ses chats, car elle lui envoyait un sourire de reconnaissance. C'est dans l'escalier de ces antiques tours qu'Hubert s'était hasardé à mettre pour la première fois un baiser sur ce pâle visage, pour lui divin. Thérèse gravissait devant lui, ce matin-là, les marches creusées qui tournent autour du pilier de pierre. Elle s'arrêta une minute pour respirer ; il la soutint dans ses bras, et comme elle se renversait doucement en appuyant la tête sur son épaule, leurs lèvres se rencontrèrent. L'émotion fut si forte qu'il pensa mourir. Ce premier baiser avait été suivi d'un autre, puis de dix, puis d'autres encore, si nombreux qu'ils n'en savaient plus le nombre. Oh ! les longs, les angoissants, les profonds baisers, et dont elle disait tendrement, comme pour se justifier dans la pensée de son doux complice : « J'aime les baisers comme une petite fille !... » De ces voluptueux baisers, ils avaient ainsi peuplé follement tous les asiles où leur imprudent amour s'était abrité. Hubert se souvenait d'avoir embrassé Thérèse, assis tous les deux sur une pierre de tombeau, dans une allée déserte d'un des cimetières de Paris, tandis que le jardin des morts étendait autour d'eux, par une matinée bleue et tiède, son paysage funèbre d'arbres toujours verts et de sépulcres. Il l'avait embrassée encore sur un des bancs de ce parc lointain de Montsouris, un des plus inconnus de la ville, parc alors nouvellement planté, qu'un chemin de fer traverse, que domine un pavillon d'architecture exotique et autour duquel s'étend l'horizon d'usines du lamentable quartier de la Glacière. D'autres fois, ils s'étaient promenés, indéfiniment, en voiture, le long du morne talus des fortifications, et lorsque l'heure arrivait de rentrer, c'était toujours Thérèse qui partait la première. Il la voyait, caché lui-même dans le fiacre arrêté, qui, de son pied svelte, franchissait les ruisseaux. Elle marchait sur le trottoir sans qu'une tache de boue déshonorât sa robe, puis elle se retournait comme involontairement pour l'envelopper d'un dernier regard. Dans ces occasions-là il sentait trop bien quels dangers il faisait courir à cette femme ; mais quand il lui parlait de ses craintes, elle répondait en secouant sa tête d'une expression si aisément tragique : « Je n'ai pas d'enfants... Quel mal peut-on me faire, sinon de te prendre à moi ?... » Ils en étaient venus, bien qu'ils continuassent à ne pas s'appartenir entièrement, aux familiarités de langage dont s'accompagne la passion partagée. Ils s'écrivaient chaque matin des billets dont un seul eût suffi pour établir que Thérèse était la maîtresse d'Hubert, et cependant elle ne l'était point. Mais, à quelque détail que s'arrêtât le souvenir du jeune homme, il trouvait toujours qu'elle ne lui avait disputé aucune des marques de tendresse qu'il lui avait demandées. Seulement il n'osait rien concevoir au delà de lui prendre les mains, la taille, le visage, et de s'appuyer, comme un enfant, sur son cœur. Elle avait avec lui cet abandon de l'âme, si entier, si confiant, si indulgent, le seul signe du véritable amour que la plus habile coquetterie ne puisse imiter. Et par contraste à cette tendresse, pour en mieux aviver encore la douceur, à chacune des scènes de cette idylle avait correspondu quelque douloureuse explication du jeune homme avec sa mère, ou quelque cruelle angoisse à retrouver Mme de Sauve, le soir, auprès de son mari. Ce dernier ne faisait réellement aucune attention à Hubert, mais le fils de Mme Liauran n'était pas encore habitué aux déshonorants mensonges des cordiales poignées de main offertes à l'homme que l'on trompe... Qu'importaient ces misères cependant, puisqu'ils allaient, lui la retrouver, elle l'attendre, dans la petite ville anglaise où ils passeraient ensemble deux jours ? Était-ce d'Hubert, était-ce de Thérèse que venait cette idée ? Le jeune homme n'aurait pas su le dire. André de Sauve se trouvait en Algérie pour une enquête parlementaire. Thérèse avait une amie de couvent, et qui habitait la province, assez sûre pour qu'elle pût se donner comme étant allée chez elle. Elle prétendait, d'autre part, que la position sur le chemin de Paris à Londres fait de Folkestone, en hiver, le plus sûr abri, parce que les voyageurs français traversent cette ville sans jamais s'y arrêter. À la seule idée de revoir sa lointaine amie, le cœur d'Hubert se fondait dans sa poitrine, et il se sentait, avec un frémissement impossible à définir, sur le point de rouler dans un gouffre de mystère, d'enivrant oubli et de félicité.

IV

UN RÊVE VÉCU

Le paquebot approchait de la jetée de Folkestone. La mer toute verte, à peine striée d'écume d'argent, soulevait la coque svelte. Les deux cheminées blanches lançaient une fumée qui s'incurvait en arrière sous la pression de l'air déchiré par la course. Les énormes roues, toutes rouges, battaient les lames, et, derrière le bateau, se creusait un mouvant sillage, sorte de chemin glauque et frangé de mousse. C'était par un jour d'un bleu tiède et voilé, comme il en fait parfois sur la côte anglaise dans les fins d'hiver, –jour de tendresse et qui s'associait divinement aux pensées du jeune homme. Il s'était accoudé sur le bastingage de l'avant, et il n'en avait pas bougé depuis le commencement de la traversée, laquelle avait été d'une rare douceur. Il voyait maintenant les moindres détails de l'approche du port : la ligne crayeuse de la côte à droite, avec son revêtement de maigre gazon ; à gauche, la jetée soutenue par ses pilotis, et par delà cette jetée, plus à gauche encore, la petite ville qui échelonne ses maisons depuis la base de la falaise jusqu'à sa crête. Il les examinait une par une, ces maisons qui se détachaient avec une netteté de plus en plus précise. Laquelle pouvait bien être l'asile où son bonheur l'attendait sous les traits aimés de Thérèse de Sauve ; laquelle, ce Star Hotel que son amie avait choisi dans le guide, à cause de ce nom de Star, qui veut dire étoile ? – « Je suis superstitieuse, » avait-elle dit enfantinement, « et puis, n'es-tu pas ma chère étoile ? » – Elle avait ainsi de ces caresses soudaines de langage auxquelles Hubert songeait ensuite indéfiniment. Il savait bien qu'elle ne serait pas sur le quai à l'attendre, et il la cherchait des yeux malgré lui. Mais elle avait multiplié les précautions, jusqu'à être venue, elle, la veille, par Calais et Douvres... Le paquebot approche toujours. On distingue le visage de quelques habitants de la ville, dont l'unique distraction consiste à se tenir au bout de cette jetée afin d'assister à l'arrivée du bateau de marée. Encore quelques minutes, et Hubert sera auprès de Thérèse. Ah ! si elle allait manquer au rendez-vous ? Si elle avait été malade ou bien surprise ? Si elle était morte en route ? Toute la légion des folles hypothèses défile devant la pensée de l'amant inquiet. Le bateau est dans le port, les passagers débarquent et se précipitent vers les wagons. Hubert est presque le seul qui s'arrête dans la petite ville. Il laisse sa malle partir pour Londres, et il prend place avec sa valise dans une des voitures qui stationnent devant la gare. Il a bien eu comme un passage de mélancolie en parlant au cocher et en constatant, quoiqu'il en soit à son premier voyage en Angleterre, combien son anglais est correct et intelligible. Il se rappelle son enfance, sa gouvernante venue du Yorkshire, le soin que sa mère avait de le faire causer tous les jours. Si elle le voyait pourtant, cette pauvre mère !... Puis, ce souvenir s'efface, à mesure que la légère calèche, enlevée au trot d'un petit cheval, gravit allègrement la rampe rude par laquelle on accède à la ville haute. L'admirable paysage de mer se développe à la gauche du jeune homme, gouffre démesuré d'un vert pâle, confondu à sa ligne extrême avec un gouffre bleu, et parsemé de barques, de goélettes, de bateaux à vapeur. Sur la hauteur, le chemin tourne. La voiture abandonne la falaise ; elle entre dans une rue, puis dans une seconde, puis dans une troisième, bordées de maisons basses dont les fenêtres en saillie laissent apparaître derrière leurs vitres des rangées de géraniums rouges et de fougères. À un détour, Hubert aperçoit la porte d'un vaste bâtiment gothique et une plaque noire, dont la seule inscription en lettres dorées lui fait sauter le cœur. Il se trouve devant le Star Hotel. Le temps de demander au bureau si Mme Sylvie est arrivée, – c'est le nom que Thérèse a voulu prendre à cause des initiales gravées sur tous ses objets de toilette, et elle a dû être inscrite sur le livre comme artiste dramatique ; le temps encore de monter deux étages, de suivre un long corridor. Le domestique ouvre la porte d'un petit appartement, et, assise à une table, dans un salon, avec son visage, dont la pâleur est augmentée par l'émotion profonde, la taille prise dans un vêtement en étoffe de soie rouge dont les plis gracieux dessinent son buste sans s'y ajuster, c'est Thérèse. Le feu de charbon grésille dans la cheminée, dont les parois intérieures sont garnies de faïence coloriée. Une fenêtre en rotonde, du genre de celles que les Anglais appellent bow-windows, termine la pièce, à laquelle l'ameublement ordinaire de ces sortes de salles dans la Grande-Bretagne donne un aspect de paisible intimité. « C'est bien toi ?... » dit le jeune homme en s'approchant de Thérèse, qui lui sourit, et il mit la main sur la poitrine de son amie comme pour se convaincre de son existence. Cette douce pression lui fit sentir les battements affolés, sous la mince étoffe, de ce cœur de femme heureuse « Oui ! c'est bien moi, » répondit-elle avec plus de langueur que d'habitude. Il s'assit auprès d'elle et leurs bouches se cherchèrent. Ce fut un de ces baisers d'une suprême douceur, où deux amants qui se retrouvent après une absence s'efforcent de mettre, avec la tendresse de l'heure présente, toutes les tendresses inexprimées des heures perdues. Un léger coup frappé à la porte les sépara.

– « C'est pour tes bagages, » dit Thérèse en repoussant son ami d'un geste de regret. Et avec un fin sourire : « Veux-tu voir ta chambre ? Je suis ici depuis hier soir ; j'espère que tout te plaira. J'ai tant pensé à toi en faisant préparer le petit appartement... »

Elle l'entraîna par la main dans une pièce contiguë au salon, dont la fenêtre donnait sur le jardin de l'hôtel. Le feu était allumé dans la cheminée. Des fleurs égayaient les vases posés sur l'encoignure et aussi la table, sur laquelle Thérèse avait déployé, pour lui donner un air plus à eux, une étoffe japonaise apportée par elle. Elle y avait placé trois cadres avec les portraits d'elle que le jeune homme préférait. Il se retourna pour la remercier, et il rencontra un de ces regards qui font défaillir tout le cœur, par lesquels une femme attendrie semble remercier celui qu'elle aime du plaisir qu'il a bien voulu recevoir d'elle. Mais la présence du domestique, en train de déposer et d'ouvrir la valise, l'empêcha de répondre à ce regard par un baiser.

– « Tu dois être lassé, » fit-elle ; « tandis que tu achèves de t'installer, je vais dire qu'on prépare le thé dans le salon. Si tu savais comme il m'est doux de te servir !... »

– « Va ! » dit-il, sans pouvoir trouver une phrase à répondre, tant l'émotion heureuse envahissait l'âme de son âme. « Mais comme je l'aime ! » ajouta-t-il tout bas, et pour lui seul, tandis qu'il la regardait disparaître par la porte, avec cette taille et cette démarche de très jeune fille que lui avait laissées son mariage sans enfants ; et il fut obligé de s'asseoir pour ne pas s'évanouir devant l'évidence de son bonheur. La créature humaine est si naturellement organisée pour l'infortune, que la réalisation complète du désir comporte un je ne sais quoi d'affolant, comme la soudaine entrée dans le miracle et dans le songe, et, à un certain degré d'intensité, il semble que la joie ne soit pas vraie. Et puis l'étrangeté de la situation ne devait-elle pas agir comme une sorte d'opium sur le cerveau de cet enfant, qui ne pouvait pas comprendre que son amie avait saisi cette circonstance pour sauver justement par cette étrangeté les difficiles préliminaires d'un plus complet abandon de sa personne ?

Oui, cette joie était-elle vraie ?... Hubert se le demandait, un quart d'heure plus tard, assis auprès de Mme de Sauve devant la table carrée du petit salon, sur laquelle était disposé l'appareil nécessaire pour le goûter : la théière d'argent, l'aiguière d'eau chaude, les fines tasses. N'avait-elle pas emporté ces deux tasses de Paris avec elle, afin, sans doute, de les garder toujours ? Elle le servait, comme elle l'avait dit, de ses jolies mains, d'où elle avait retiré son anneau d'alliance, pour éloigner de la pensée du jeune homme toute occasion de se rappeler qu'elle n'était pas libre. Durant ces heures de l'après-midi, le silence de la petite ville se faisait comme palpable autour d'eux, et la sensation de la solitude partagée s'approfondissait dans leurs cœurs, si intense qu'ils ne se parlaient pas, comme s'ils eussent craint que leurs paroles ne les réveillassent de la sorte du sommeil enivré qui gagnait leurs âmes. Hubert appuyait sa tête sur sa main et regardait Thérèse. Il la sentait si parfaitement à lui dans cette minute, si voisine de son être le plus secret, qu'il ne ressentait même plus le besoin de ses caresses. Ce fut elle qui, la première, rompit ce silence, dont elle eut subitement peur. Elle se leva de sa chaise et vint s'asseoir aux pieds du jeune homme, la tête sur ses genoux. Puis, comme il continuait à ne pas bouger, une inquiétude passa dans ses yeux, et, docilement, avec ce son de voix vaincu auquel nul amant n'a jamais résisté : « Si tu savais, » dit-elle « comme je tremble de te déplaire ? J'ai pleuré, hier au soir, toute seule, au coin de ce feu, dans cette chambre où je t'attendais, en songeant que tu m'aimerais sans doute moins après être venu ici. Ah ! tu m'en voudras de t'aimer trop et d'avoir osé ce que j'ai osé pour toi... » L'angoisse à laquelle la charmante femme se trouvait en proie était si forte qu'Hubert vit ses traits s'altérer un peu tandis qu'elle prononçait cette phrase. Le drame moral qui s'était joué en elle depuis le commencement de cette liaison se formulait pour la première fois. Surtout à cette minute, le voyant si jeune, si pur, si dépourvu de brutalité, si selon son rêve, elle éprouvait un insensé besoin de lui prodiguer les marques de sa tendresse, et elle tremblait plus que jamais de l'effaroucher, peut-être aussi, – car il y a de ces replis étranges dans les consciences féminines, – de le corrompre. Elle continuait, se livrant au plaisir de penser haut sur ces choses pour la première fois : « Nous autres femmes, nous ne savons rien qu'aimer, lorsque nous aimons. Du jour où je t'ai rencontré, en revenant de la campagne, je t'ai appartenu. Je t'aurais suivi où tu m'aurais demandé de te suivre. Rien n'a plus existé pour moi, rien, si ce n'est toi… Non ! » ajouta-t-elle avec un regard fixe, « ni bien, ni mal, ni devoirs, ni souvenirs. Mais peux-tu comprendre cela, toi qui penses, comme tous les hommes, que c'est un crime d'aimer quand on n'est pas libre ? »

– « Je ne sais plus rien, » répondit Hubert en se penchant vers elle pour la relever, « sinon que tu es pour moi la plus noble des femmes et la plus chère, »

– « Non ! laisse-moi rester à tes pieds comme ta petite esclave… » reprit-elle avec une expression d'extase. « Mais est-ce vraiment vrai ? Jure-moi que jamais tu ne diras de mal de cette heure. »

– « Je te le jure, » dit le jeune homme, que l'émotion de son amie gagnait sans qu'il pût bien se l'expliquer. Cette simple parole la fit se redresser. Légère comme une jeune fille, elle se releva, et, penchée sur Hubert, elle commença de lui couvrir le visage de baisers passionnés ; puis, fronçant le sourcil et comme par un effort sur elle-même, elle le quitta, passa sa main sur ses yeux, et, d'une voix encore mal assurée, mais plus calme : « Je suis folle, » dit-elle, « il faut sortir. Je vais mettre mon chapeau et nous allons faire une promenade. Will you be so kind as to ask for a carriage, will you ? » ajouta-t-elle en anglais. Quand elle parlait cette langue, sa prononciation devenait quelque chose de joliment gracieux, de presque enfantin ; et elle sortit du salon par une porte opposée à celle de la chambre d'Hubert, en lui envoyant un petit salut de la main, coquettement.

Ce même mélange de caressante inquiétude, de soudaine exaltation et d'enfantillage tendre continua de sa part durant cette promenade, qui se composa, pour l'un et pour l'autre, d'une suite d'émotions suprêmes. Par un hasard comme il ne s'en produit pas deux au cours d'une vie humaine, ils se trouvaient placés exactement dans les circonstances qui devaient porter leurs âmes au plus haut degré possible d'amour. Le monde social, avec ses devoirs meurtriers, se trouvait écarté. Il existait aussi peu pour leur pensée que le cocher qui, juché haut par derrière et invisible, conduisait le léger cab où ils erraient en tête à tête, le long de la route de Folkestone à Sandgate et à Hythe. Le monde de l'espérance s'ouvrait devant eux, en revanche, comme un jardin paré des plus belles fleurs. Ils se voyaient récompensés, lui de son innocence, elle de la réserve que sa raison lui avait imposée, par une impression aussi délicieuse que rare : ils jouissaient de l'intimité du cœur, qui ne s'obtient d'ordinaire qu'après une longue possession, et ils en jouissaient dans la fraîcheur du désir timide. Mais ce désir timide avait pour arrière-fonds chez tous les deux une enivrante certitude, perspicace chez Thérèse, obscure encore chez Hubert, et c'était dans un vaste et noble paysage qu'ils promenaient ces sensations rares. Ils suivaient donc cette route de Folkestone à Hythe, mince ruban qui court au long de la mer. La verte falaise est sans rochers, mais sa hauteur suffit pour donner au chemin qu'elle surplombe cette physionomie d'asile abrité, reposant attrait des vallées au pied des montagnes. La plage de galets était recouverte par la marée haute. Le large Océan remuait, sans qu'un oiseau volât au-dessus des lames. Son immensité verdâtre se fonçait Jusqu'au violet à mesure que le jour tombant assombrissait l'azur froid du ciel. La voiture allait vite sur ses deux roues, traînée par un cheval fortement râblé, que son mors trop dur forçait par instants à relever la tête en tordant la bouche. Thérèse et Hubert, serrés l'un contre l'autre dans la petite guérite roulante ouverte à moitié, se tenaient la main sous le plaid de voyage qui les enveloppait. Ils laissaient leur passion se dilater comme cette large mer, frémir en eux avec la plénitude de ces houles, s'ensauvager comme cette côte stérile. Depuis que la jeune femme avait demandé à son ami ce singulier serment, elle semblait un peu plus calme, malgré des passages de soudaine rêverie qui se résolvaient en effusions muettes. Lui, de son côté, ne l'avait jamais si absolument aimée. Il lui fallait sans cesse la prendre contre lui, la serrer dans ses bras. Un infini besoin de se rapprocher d'elle encore davantage montait à sa tête et le grisait ; et, cependant, il appréhendait l'arrivée du soir avec cette mortelle angoisse de ceux pour qui l'univers féminin est un mystère. Malgré les preuves de passion que lui donnait Thérèse, il se sentait devant elle en proie à une défaillance de sa volonté, insurmontable, qui serait devenue de la douleur s'il n'avait pas eu en même temps une immense confiance dans l'âme de cette femme. Cette impression de l'abîme inconnu dans lequel allait se plonger leur amour, et qui l'eût épouvanté d'une terreur presque animale, se faisait plus tranquille parce qu'il descendait dans cet abîme avec elle. Véritablement, elle avait une intelligence adorable des troubles qui devaient traverser celui qu'elle aimait. N'était-ce pas pour ménager ses nerfs trop vibrants qu'elle l'avait entraîné à cette promenade, durant laquelle le grandiose spectacle, le vent du large et les marches à pied à de certaines minutes maintenaient et lui et elle au-dessus des troubles inévitables du trop ardent désir ? Ils allèrent ainsi, jusqu'à l'heure tragique où les astres éclatent dans le ciel nocturne, tantôt cheminant sur les galets, tantôt remontant dans la petite voiture, prenant et reprenant sans cesse les mêmes sentiers, sans pouvoir se décider à retourner, comme s'ils eussent compris qu'ils retrouveraient d'autres instants de bonheur, mais d'un bonheur comme celui-là, jamais ! L'obscure intuition de l'âme universelle, dont les visibles formes et les invisibles sentiments sont le commun effet, leur révélait, sans qu'ils s'en rendissent compte, une secrète analogie et comme une correspondance mystique entre la face particulière de ce coin de nature et l'essence indéfinie de leur tendresse. Elle lui disait : « Être auprès de toi ici, c'est un bonheur à ne pouvoir ensuite rentrer dans la vie ! » et il ne souriait pas d'incrédulité à cette phrase, comme elle ne doutait pas lorsqu'il lui disait : « Il me semble que je n'ai jamais ouvert les yeux sur un paysage avant cette minute. » Et quand ils marchaient, c'est lui qui prenait le bras de Thérèse et qui s'y appuyait câlinement. Il symbolisait ainsi, sans le savoir, l'étrange renversement des rôles, qui voulait que, dans cette liaison, il eût toujours représenté l'élément féminin, avec sa frêle personne, son innocence entière, la candeur de ses émotions craintives. Certes, elle était bien femme aussi, par sa démarche souple, par la finesse féline de ses manières, par ses yeux fondus, qui se donnaient à chaque regard. Elle paraissait pourtant une créature plus forte, mieux armée pour la vie que le délicat enfant, œuvre fragile de la tendresse de deux femmes pures, qu'elle avait enlacé d'un si léger tissu de séduction, et qui, à peine plus grand qu'elle de trois lignes du front, s'abandonnait avec une fraternelle confiance ; et le mouvement même de leur démarche, d'une parfaite harmonie de rythme, disait assez la complète union des cœurs qui les faisait vibrer ensemble à ce moment d'une étroite manière. Ils rentrèrent. Le dîner qui suivit cet après-midi de songe fut silencieux et presque sombre. Il semblait que tous deux eussent peur l'un de l'autre. Ou bien seulement était-ce chez elle une recrudescence de cette crainte de déplaire qui lui avait fait différer jusqu'à cette heure l'abandon de sa personne, et chez lui la farouche mélancolie, dernier signe de l'animalité primitive, qui précède chez l'homme toute entrée dans le complet amour ? Comme il arrive à des moments pareils, leurs discours se faisaient d'autant plus calmes et indifférents que leurs cœurs étaient plus troublés. Ces deux amants, qui se retrouvaient, après une journée dans la plus romanesque exaltation, dans la solitude de cet asile étranger, semblaient n'avoir à se dire que des phrases sur le monde qu'ils avaient quitté. Ils se séparèrent de bonne heure et comme s'ils se fussent dit adieu pour ne se voir que le lendemain, quoiqu'ils sentissent bien tous deux que dormir séparés l'un de l'autre ne leur était pas possible. Aussi Hubert ne fut-il pas étonné, quoique son cœur battit à se rompre, lorsque, au moment où il allait lui-même se rendre auprès d'elle, il entendit la clef tourner dans la porte. Thérèse entra, vêtue d'un long peignoir souple de dentelles blanches, et dans ses yeux une douceur passionnée. « Ah ! » dit-elle en fermant de sa main parfumée les paupières d'Hubert, « je voudrais tant reposer sur ton cœur ! »

Vers le milieu de la nuit, le jeune homme s'éveilla, et, cherchant des lèvres le visage de celle à qui il pouvait désormais donner vraiment le doux nom de maîtresse, il trouva que ces joues, qu'il ne voyait pas, étaient inondées de pleurs. « Tu souffres ? » lui dit-il. – « Non, » répondit-elle, « ce sont des larmes de reconnaissance. Ah ! » continua-t-elle, « comment a-t-on pu ne pas te prendre à moi par avance, mon ange, et comme je suis indigne de toi !... » Énigmatiques paroles qu'Hubert devait se rappeler si souvent plus tard, et qui, même à cette minute et sous ces baisers, firent soudain se lever en lui la vapeur de la tristesse, accompagnement habituel du plaisir. À travers cette vapeur de tristesse, il aperçut, comme dans un éclair, une maison de lui bien connue, et les visages penchés sous la lampe, parmi les portraits de famille, des deux femmes qui l'avaient élevé. Ce ne fut qu'une seconde, et il posa sa tête sur la poitrine de Thérèse pour oublier toute pensée, tandis que la vague plainte de la mer arrivait jusqu'à lui, adoucie par la distance, – rumeur mystérieuse et lointaine comme l'approche de la destinée.

V

LA MÈRE ET LE FILS

Quinze jours plus tard, Hubert Liauran descendait sur le quai de la gare du Nord, vers cinq heures du soir, revenant de Londres par le train de jour. Le comte Scilly et Mme Castel l'attendaient. Que devint-il lorsqu'il aperçut, parmi les visages qui se pressaient autour des portes, celui de Thérèse ? Ils avaient arrêté par lettres qu'ils se rencontreraient le soir de ce jour, qui était un mardi, au Théâtre-Français, dans sa loge. Elle, pourtant, n'avait pas résisté au désir de le revoir quelques heures plus tôt, et dans ses yeux éclatait une émotion suprême, faite du bonheur de le contempler et du chagrin d'être séparée de lui ; car ils ne purent échanger qu'un salut, qui échappa heureusement à la grand'mère. Thérèse disparut, et tandis que le jeune homme se tenait dans la salle des bagages, un involontaire mouvement de mauvaise humeur s'élevait en lui, qui lui faisait se dire que les deux vieilles gens, dont il était pourtant si aimé, auraient bien dû n'être pas là. Cette petite impression pénible, qui lui montrait, à la minute même de son retour, la chaîne pesante des tendresses de famille, se renouvela aussitôt qu'il se retrouva en face de sa mère. Dès le premier regard, il se sentit étudié, et, comme il n'avait guère l'habitude des dissimulations, il se crut deviné. Ses yeux, en effet, avaient changé, comme changent ceux d'une jeune fille devenue femme, d'un de ces changements imperceptibles qui résident dans une si légère différence d'expression. Comment la mère s'y serait-elle trompée, elle qui depuis tant d'années suivait les plus vagues reflets de ces prunelles noires, et qui maintenant y saisissait un fonds de félicité enivrée et insondable ? Mais poser une question à ce sujet, la pauvre femme ne le pouvait pas. Les nuances, ces événements de la vie du cœur, échappent aux formules des phrases, et de là naissent les pires malentendus. Hubert fut très gai durant le dîner, d'une gaieté que rendait un peu nerveuse la prévision d'une difficulté toute prochaine. Comment sa mère allait-elle prendre sa sortie du soir ? Il n'y avait pas une demi-heure qu'on avait quitté la table, lorsqu'il se leva, comme quelqu'un qui va dire adieu.

« Tu nous laisses ? » fit Mme Liauran.

– « Oui, maman, « répondit-il avec une légère rougeur à ses joues ; « Emmanuel Deroy m'a chargé d'une commission extrêmement pressée et que je dois exécuter dès ce soir… »

– « Tu ne peux pas la remettre à demain et nous donner ta première soirée ? » fit Mme Castel, qui voulut épargner à sa fille l'humiliation d'un refus qu'elle prévoyait.

– « Véritablement non, grand'mère, » répliqua-t-il avec un ton de badinage enfantin ; « ce ne serait pas gracieux pour mon ami, qui a été si gentil à Londres… »

– « Il nous ment, » se dit Mme Liauran ; et, comme le silence s'était fait parmi les hôtes du salon après le départ d'Hubert, elle écouta si la porte d'entrée de l'hôtel allait s'ouvrir aussitôt. Il s'écoula une demi-heure sans qu'elle entendît le bruit du battant. Elle n'y put tenir et pria le général d'aller jusque dans l'appartement du jeune homme, sous le prétexte de prendre un livre, afin de savoir s'il s'était habillé. Il s'était habillé en effet. Il allait donc chez Mme de Sauve, ou bien dans le monde, afin de l'y revoir. Ce fut la conclusion que tira de cet indice la mère jalouse, qui, pour la première fois, avoua au comte ses longues inquiétudes. L'accent dont elle parlait empêcha ce dernier de confesser à son tour l'emprunt qu'Hubert lui avait fait des trois mille francs, dépensés sans doute, songea-t-il, à suivre cette femme.

– « Il m'a menti une fois encore, » s'écria Mme Liauran, « lui qui avait une telle horreur du mensonge. Ah ! comme elle me l'a changé ! » Ainsi, l'évidence d'une métamorphose de caractère subie par son fils la torturait dès ce premier jour. Ce fut pis encore durant ceux qui suivirent. Elle ne voulut cependant pas admettre tout de suite que son cher, son candide Hubert fût l'amant de Mme de Sauve. Elle ne se résignait pas à l'idée qu'il put se rendre coupable d'une faute de cet ordre sans de terribles remords. Elle l'avait élevé dans de si étroits principes de religion ! Elle ignorait que précisément le premier soin de Thérèse avait été d'endormir tous les scrupules de conscience de son jeune ami, en le conduisant, par d'insensibles degrés, de la tendresse timide à la passion brûlante. Pris au lacet de ce doux piège, Hubert n'avait à la lettre jamais jugé sa vie depuis ces cinq mois, et la nature s'était faite la complice de la femme aimante. Nous nous repentons bien de nos plaisirs, mais il est malaisé d'avoir des remords du bonheur, et l'enfant était heureux d'une de ces félicités absolues qui ne voient même pas les souffrances qu'elles causent. C'était cependant sur le pouvoir de sa souffrance que Mme Liauran comptait presque uniquement dans la campagne qu'elle avait entreprise, elle, une simple femme qui ne savait de la vie que ses devoirs, contre une créature qu'elle imaginait à la fois prestigieuse et fatale, ensorcelante et meurtrière. Elle avait adopté le naïf système commun à toutes les jalousies tendres, et qui consiste à montrer sa peine. Elle se disait : « Il verra que j'agonise. Est-ce que cela ne suffira pas ? » Le malheur était qu'Hubert, enivré par sa passion, n'apercevait dans la peine de sa mère qu'une injustice tyrannique à l'égard d'une femme qu'il considérait comme divine, et d'un amour qu'il estimait sublime Lorsqu'il revenait du bois de Boulogne, le matin, après s'être promené à cheval et avoir vu passer Mme de Sauve dans sa voiture attelée de deux ponettes grises qu'elle conduisait elle-même, il rencontrait à déjeuner le profil attristé de sa mère, et il se disait : « Elle n'a pas le droit d'être triste. Je ne lui ai rien pris de mon affection. » Il raisonnait, au lieu de sentir. Sa mère lui mettait son cœur saignant sur son chemin, et il passait outre. Quand il devait dîner au dehors, et qu'à l'instant du départ l'adieu de sa mère lui présageait que Mme Liauran passerait à le regretter une soirée de mélancolie, il songeait : « Si elle savait pourtant que Thérèse me reproche de consacrer à notre amour trop de mes heures ? » Et c'était vrai. La maîtresse avait cette générosité facile des femmes qui se savent immensément préférées, et qui se gardent bien de demander à celui qui les aime d'agir comme elles le désirent. Le plaisir est si délicat de laisser son amant libre, de l'encourager même à vous sacrifier à d'autres devoirs, quand on est certaine de ce que sera sa décision ! Il arrivait aussi qu'Hubert revînt à l'hôtel de la rue Vaneau ayant eu avec Thérèse un rendez-vous secret dans la journée. – Emmanuel Deroy avait mis à la disposition de son ami la petite garçonnière qu'il conservait avenue Friedland. – Mais alors, soit que la tristesse nerveuse dont s'accompagnent les trop vifs plaisirs le rendît cruel, soit que de secrets remords de conscience vinssent le tourmenter, soit que le contraste fût trop fort entre les formes charmantes que prenait la tendresse de Thérèse et les formes tristes que revêtait celle de Mme Liauran, le jeune homme devenait réellement ingrat. L'irritation grandissait en lui, et non la pitié, devant le chagrin de celle dont il était pourtant le fils idolâtré. Marie-Alice saisissait cette nuance, et elle en souffrait plus que de tout le reste, sans deviner que l'excès de sa douleur était une faute irréparable de conduite et qu'une comparaison démoralisante s'établissait dans l'esprit d'Hubert entre les sévérités de la famille et les caressantes délices de l'affection choisie.

La mère, épuisée par une inquiétude continuelle, était à bout de forces, quand un événement inattendu, quoique facile à prévoir, mit davantage encore en saillie l'antagonisme qui la faisait se heurter sans cesse contre son fils. On était dans la semaine sainte. Elle avait compté sur la confession et la communion d'Hubert pour hasarder une tentative suprême et le décider à rompre des relations qu'elle jugeait encore incomplètement coupables, mais si dangereuses. Il ne pouvait pas entrer dans sa tête de fervente chrétienne que son fils manquât au devoir pascal. Aussi n'avait-elle aucun doute sur sa réponse, en lui demandant, à un moment où ils se trouvaient seuls :

– « Quel jour feras-tu tes pâques cette année ? »

– « Maman, » répondit Hubert avec un sensible embarras « je vous demande pardon du chagrin que je vais vous causer. Il faut que je vous l'avoue cependant, des doutes me sont venus, et, en toute conscience, je ne crois pas pouvoir m'approcher de la Sainte Table. »

Cette réponse fut l'éclair qui montra soudain à Marie-Alice l'abîme où son fils avait roulé, tandis qu'elle le croyait seulement sur le bord. Elle ne fut pas la dupe une minute du prétexte imaginé par Hubert. Et d'où lui seraient venus des doutes religieux, à lui qui depuis des mois ne lisait aucun livre ? Elle connaissait d'ailleurs la simplicité d'âme de cet enfant, à l'instruction de qui elle avait présidé. Non. S'il ne voulait pas communier, c'est qu'il ne voulait pas se confesser. Il avait horreur d'avouer une faute inavouable. Laquelle, sinon celle qui avait été l'œuvre mauvaise de ces six mois ?... Adultère ! Son fils était adultère ! Mot terrible et qui lui représentait, à elle, si loyale, si pure, si pieuse, la plus répugnante des bassesses, l'ignominie du mensonge mélangée aux turpitudes de la chair. Elle trouva dans son indignation l'énergie d'ouvrir enfin son cœur à Hubert. Elle lui dit, bouleversée comme elle était par ses craintes religieuses pour le salut de cet enfant aimé, des phrases qu'elle n'aurait jamais cru pouvoir prononcer, nommant Mme de Sauve, l'accablant des plus durs reproches, la flétrissant de tout ce qu'une femme honnête peut trouver en elle de mépris pour une femme qui ne l'est pas, invoquant le souvenir du passé commun, menaçante tour à tour et suppliante, déchaînée enfin et ne calculant plus.

– « Vous vous trompez, maman, » répondit Hubert, qui avait subi ce premier assaut sans parler. « Mme de Sauve n'est rien de ce que vous dites. Mais comme je n'admets pas qu'on insulte mes amies devant moi, à la prochaine conversation de ce genre que nous aurons ensemble, je vous préviens que je quitterai la maison… » Et sur cette réplique, prononcée avec le sang-froid que lui avait laissé le sentiment de l'injustice de sa mère, il sortit de la chambre sans ajouter un mot.

– « Elle lui a perverti le cœur, elle en a fait un monstre, » disait Mme Liauran à Mme Castel en lui racontant cette scène, qui fut suivie de vingt jours de silence entre la mère et le fils. Ce dernier se montrait au déjeuner, baisait sa mère au front et lui demandait de ses nouvelles, s'asseyait à table et n'ouvrait pas la bouche durant les repas. Le plus souvent, il n'assistait pas au dîner. Il avait confié ce chagrin, comme il confiait tous ses chagrins, à Thérèse, qui l'avait supplié de céder.

– « Fais cela, » disait-elle, « quand ce ne serait que pour moi. Il m'est si cruel de songer que je suis dans ta vie le principe d'une mauvaise action… »

– « Noble amie ! » avait dit le jeune homme en lui couvrant les mains de baisers et se noyant sous le regard de ses yeux, pour lui si doux. Mais s'il avait mieux aimé sa maîtresse à cause de cette générosité, il avait ressenti davantage la rancune que les phrases de leur pénible querelle avaient soulevée en lui contre sa mère. Celle-ci cependant avait été secouée par cette brouille au point d'en avoir une recrudescence de sa maladie nerveuse, qu'elle voulut cacher à celui qui en était la cause. Il lui fut presque absolument interdit de bouger, ce qui ne l'empêchait pas, la nuit, et au prix d'atroces souffrances, de se traîner jusqu'à sa fenêtre. Elle ouvrait les carreaux, puis les volets, avec une précaution de criminelle, silencieusement, afin de voir, au moment de la rentrée d'Hubert, ses croisées à lui s'éclairer, et devant cette lumière qui filtrait par un mince filet, attestant la présence de ce fils à la fois si cher et si perdu, elle sentait sa colère se détendre et le désespoir l'envahir.

Ils se réconcilièrent, grâce à l'entremise de Mme Castel, qui souffrait entre ces deux hostilités un double martyre. Elle obtint de la mère la promesse qu'il ne serait plus jamais parlé de Mme de Sauve, et du fils, des excuses pour sa bouderie de tant de jours. Une nouvelle période commença, où Marie-Alice essaya de retenir Hubert à la maison en modifiant un peu son train de vie.

Acharnée à espérer même dans le désespoir, comme il arrive toutes les fois qu'on a dans le cœur un trop passionné désir, elle se dit que la puissance de cette femme sur son fils devait tenir beaucoup aux distractions que sa société lui procurait. L'intérieur de la rue Vaneau n'était-il pas bien monotone pour un jeune homme inoccupé ? Elle sentait maintenant qu'elle avait été bien imprudente, trouvant Hubert de santé trop délicate et d'ailleurs si désireuse de sa présence, de ne l'attacher à aucune carrière. Elle eut la naïveté de se dire qu'il fallait égayer un peu leur solitude, et, pour la première fois depuis son veuvage, elle donna de grands dîners. Les portes de l'hôtel s'ouvrirent. Les lustres s'allumèrent. La vieille argenterie aux armes des Trans orna la table, autour de laquelle se pressèrent quelques vieilles gens et quelques charmantes jeunes filles, aussi élégantes et jolies que les cousines de Trans étaient provinciales et gauches. Mais Hubert, depuis qu'il aimait Thérèse, s'était interdit, par une douce exagération de fidélité, de regarder jamais une autre femme qu'elle. Et puis, on était au mois de mai. Les journées se faisaient tièdes, longues et claires. Sa maîtresse et lui s'étaient hasardés à faire des promenades dans quelques-uns des bois qui environnent Paris : à Saint-Cloud, à Chaville, dans la forêt de Marly. Assis dans la salle à manger de la rue Vaneau, Hubert se rappelait le sourire de Thérèse lui offrant une fleur, l'alternance sur son front de la lumière du soleil et de l'ombre des feuillages, la pâleur de son teint parmi les verdures, un geste qu'elle avait eu, la pose de son pied sur l'herbe d'un sentier. S'il écoutait la conversation, c'était pour comparer les propos des convives de Mme Liauran aux reparties des convives de Mme de Sauve. Les premiers abondaient en préjugés ; c'est l'inévitable rançon d'une vie morale très profonde. Les seconds étaient imprégnés de cet esprit parisien dont le jeune homme n'apercevait plus la triste vacuité. Il assistait donc aux dîners de sa mère avec le visage de quelqu'un dont l'âme est ailleurs.

– « Ah ! que faire ? que faire ? » sanglotait Mme Liauran : « tout l'ennuie de nous et tout l'amuse de cette femme. »

– « Attendre, » répondait Mme Castel.

Attendre ! C'est le mot dernier de la sagesse ; mais, dans l'attente, l'âme passionnée se dévore douloureusement. Pour Marie-Alice, dont la vie était tout entière concentrée sur son enfant, chaque heure maintenant retournait le couteau dans la plaie. Il lui était impossible de ne pas se livrer sans cesse à cette inquisition du petit détail dont les plus nobles jalousies sont victimes. Elle remarquait chaque nouveau brimborion de jeune homme que son fils portait, et elle se demandait s'il ne s'y rattachait pas quelque souvenir de son coupable amour. Il avait ainsi au petit doigt un anneau d'or qu'elle ne lui connaissait point. Que n'aurait-elle pas donné pour savoir s'il y avait une date et des mots gravés à l'intérieur ! Il lui arrivait, lorsqu'elle l'embrassait, de respirer sur lui un parfum dont elle ignorait le nom, et qui était certainement celui qu'employait sa maîtresse. Toutes les fois que Mme Liauran retrouvait cette odeur, d'une finesse pénétrante et voluptueuse, c'était comme si une main lui eût physiquement serré le cœur. Enfin, au degré de passion où elle était montée, tout devait faire et faisait blessure. Si elle constatait qu'il avait les yeux battus, le teint pâli, elle disait à sa mère : « Elle me le tuera. » C'avait toujours été l'habitude, dans cette maison de mœurs simples, que les lettres fussent remises en mains propres à Mme Liauran, qui les distribuait ensuite à chacun. Hubert n'avait pas osé demander à Firmin, le concierge, de faire infraction pour lui à cette règle. N'était-ce pas mettre ce domestique dans le secret des dissentiments qui le séparaient de sa mère ? Or, sa maîtresse et lui s'écrivaient tous les jours, qu'ils se fussent ou non rencontrés déjà, par cette prodigalité de cœur des nouveaux amants, qui ne savent de quelle manière se donner l'un à l'autre davantage. Hubert parvenait souvent à éviter que sa mère ne vît ces lettres, en convenant bien exactement de l'heure où Thérèse mettrait son billet à la poste, et il se hâtait de descendre de chez lui à temps pour prendre le courrier lui-même aux mains du concierge. Souvent aussi la lettre arrivait inexactement, et il fallait qu'elle passât par celles de Mme Liauran. Cette dernière ne s'y trompait jamais. Elle reconnaissait l'écriture, pour elle la plus haïssable qui fût au monde. Souvent encore Thérèse envoyait, au lieu d'une lettre, une de ces petites dépêches bleues qui vont si vite, et la sensation que ce papier avait été manié, une heure auparavant, par les doigts de la maîtresse de son fils était intolérable à la pauvre femme. Afin d'éviter à Hubert des ruses déshonorantes, et à elle-même une horrible palpitation du cœur, elle prit le parti de donner l'ordre que les lettres de son fils lui fussent remises directement. Mais alors elle perdit les seuls signes qu'elle eût de la réalité des relations du jeune homme et de Mme de Sauve, et cela fut une source de nouvelles espérances, par suite, de nouvelles désillusions. Au mois de juillet, Hubert ayant cessé de sortir le soir, elle s'imagina qu'ils étaient brouillés ; puis George Liauran, qu'elle avait pris pour confident de ses inquiétudes, parce qu'elle savait qu'il connaissait Thérèse, lui apprit que Mme de Sauve était partie pour Trouville, et cette déception lui fut un coup de plus. C'est le privilège et le fléau des organismes où les nerfs prédominent, que les douleurs, au lieu de s'assoupir par l'accoutumance, s'exagèrent et s'exaspèrent infatigablement. Les plus menus détails renferment en eux un infini de chagrin, comme une goutte d'eau l'infini du ciel.

VI

HORIZON NOIR

Des quelques personnes qui composaient l'intimité de la rue Vaneau, celle qui s'inquiétait le plus des chagrins de Marie-Alice était précisément ce George Liauran, parce qu'il était aussi celui auquel cette femme montrait le plus complètement sa peine. Elle comprenait qu'il était le seul à pouvoir un jour la servir. À chaque visite nouvelle, il mesurait le ravage produit chez elle par l'idée fixe. Ses traits s'atténuaient, ses joues se creusaient, son teint se plombait, ses cheveux, demeurés si noirs jusquelà, blanchissaient par touffes. Il arrivait parfois à George d'aller dans le monde au sortir d'une de ces visites et d'y rencontrer son cousin Hubert, presque toujours dans le même cercle que Mme de Sauve, élégant, joli, les yeux brillants, la bouche heureuse. Ce contraste soulevait dans cet homme d'étranges sentiments, tout mélangés de bien et de mal. D'une part, en effet, George aimait beaucoup Marie-Alice, et d'une affection qui avait été autrefois très romanesque, durant les premiers jours de leur jeunesse à eux deux. D'autre part, la liaison, pour lui certaine, de ce charmant Hubert et de Thérèse l'irritait, sans qu'il comprît bien pourquoi, d'une colère nerveuse. Il éprouvait à l'égard de son cousin l'invincible malveillance que les hommes de plus de quarante ans et de moins de cinquante professent pour les très jeunes gens qu'ils voient se pousser dans le monde et, en définitive, prendre leur place. Et puis, il était de ces viveurs finissants qui haïssent l'amour, soit qu'ils en aient trop souffert, soit qu'ils le regrettent trop. Cette haine de l'amour se compliquait d'un entier mépris pour les femmes qui commettent des fautes, et il soupçonnait Thérèse d'avoir eu déjà deux intrigues : l'une, très courte, avec un célèbre député de la droite, le baron Frédéric Desforges ; l'autre, plus longue, avec un écrivain presque illustre, Jacques Molan. Il était de ceux qui jugent d'une femme par ses amants, – ce en quoi il avait tort, car les raisons pour lesquelles une pauvre créature se donne sont le plus souvent personnelles, étrangères à la nature et au caractère de celui qui fait l'occasion de cet abandon. Or, le baron Desforges cachait sous sa grande franchise de manières un cynisme terrible, et Jacques Molan était un assez joli garçon aux manières fines, dont la câlinerie dissimulait à peine le féroce égoïsme de l'artiste adroit, pour lequel tout n'est qu'un moyen de parvenir, depuis ses habiletés de prosateur jusqu'à ses succès d'alcôve. C'était sur le germe de corruption déposé dans le cœur de Thérèse par ces deux personnages que George comptait secrètement lorsqu'il imaginait une fin probable à la liaison d'Hubert. Il se disait que Mme de Sauve avait dû contracter auprès de ces hommes dont il connaissait les idées et les mœurs, des habitudes de plaisir et des exigences de sensations. Il calculait que la pureté d'Hubert devait un jour la laisser inassouvie, – et, ce jour-là, il était presque immanquable qu'elle le trompât. « Après tout, » se disait-il, « cela lui fera de la peine, mais il apprendra la vie. » George Liauran, pareil sur ce point aux trois quarts des personnes de son âge et de son monde, était persuadé qu'un jeune homme doit se former le plus tôt possible une philosophie pratique, c'est-à-dire, suivant les vieilles formules de la misanthropie, peu croire à l'amitié, considérer la plupart des femmes comme des coquines et interpréter par l'intérêt, avoué ou déguisé, toutes les actions humaines. Le pessimisme mondain n'a pas beaucoup plus d'originalité que cela. Le malheur veut qu'il ait presque toujours raison.

Telles étaient les dispositions du cousin de Mme Liauran à l'endroit du sentiment d'Hubert et de Thérèse, lorsqu'il lui arriva, au mois d'octobre de cette même année, de se trouver dans un cabinet particulier du Café Anglais, en train de dîner avec cinq autres personnes. Le repas avait été délicat et bien entendu, les vins exquis, et l'on bavardait, entre hommes, le café servi, les cigares allumés ; et voici le bout de dialogue que George surprit entre son voisin de gauche et un des convives, – cela au moment où lui-même venait de causer avec son voisin de droite, de sorte que toute la portée de la phrase lui échappa d'abord :

– « Nous les voyions, » disait le conteur, « de la chambre d'en haut du chalet de Miraut, celle qui lui sert d'atelier, en regardant avec la longue-vue, aussi bien qu'à trois mètres. Elle entra comme on nous avait dit qu'elle avait fait là veille. À peiné entrée, il lui campa sur la bouche un baiser, mais, là, un de ces baisers !... » Et il fit claquer ses lèvres en humant une dernière goutte de liqueur restée au fond de son verre.

– « Qui, il ? » demanda George Liauran.

– « La Croix-Firmin. »

– « Et qui, elle ? »

– « Mme de Sauve. »

– « Par exemple, » se dit George en lui-même, « voilà qui est singulier et qui valait la peine d'accepter l'invitation de cet imbécile. » Et, ce pensant, il regardait l'amphitryon, un certain Louis de Figon, élégant de bas étage, qui exultait de joie de traiter quelques hommes du Petit Cercle, dont il faisait le siège patiemment.

– « Nous nous attendions à mieux, » continuait l'autre, « mais elle voulut absolument baisser les rideaux… Ce que nous avons taquiné Ludovic sur son teint fatigué, le soir !... On n'a parlé que de cela entre Trouville et Deauville pendant une semaine. Elle s'en est doutée, car elle est partie bien vite. Mais je parie vingt-cinq louis qu'elle n'en sera pas moins reçue partout cet hiver… La société devient d'une tolérance… »

– « De maison… » fit un des convives ; et les propos continuèrent d'aller, les cigares de se consumer, le kummel et la fine Champagne de remplir les petits verres, et ces moralistes de juger la vie. Le jeune homme qui avait raconté au cours de la conversation l'anecdote scandaleuse sur Mme de Sauve était l'aimable Philippe de Vardes, un des moins durs d'entre les viveurs. Avec cela, un parfait honnête homme et qui se serait brûlé la cervelle plutôt que de ne pas payer une dette de jeu dans le délai fixé. Philippe n'avait jamais refusé une affaire d'honneur, et ses amis pouvaient compter sur lui pour une démarche, même difficile, ou un service d'argent, même considérable. Mais dire ce que l'on sait des intrigues d'une femme du monde, après boire, où en serait-on s'il fallait s'interdire ce sujet de causerie, ainsi que les hypothèses sur le secret de la naissance des enfants adultérins ? Peut-être même ce joyeux étourdi qui avait ainsi affirmé, comme témoin oculaire, les légèretés de Thérèse de Sauve aurait-il versé de réelles larmes de chagrin s'il avait su que son discours servirait d'arme contre le bonheur de la jeune femme. C'est un inépuisable sujet de mélancolie pour celui qui va dans le monde sans s'y pervertir le cœur, que de voir comment les férocités s'y accomplissent parfois avec une entière sécurité de conscience. D'ailleurs, George Liauran n'aurait-il pas, tôt ou tard, appris de quelque autre source tous les détails que l'indiscrétion de son compagnon de table venait de lui révéler si soudainement et avec cette indiscutable précision ? À vrai dire, il ne s'en étonna pas une minute. Il se répéta bien deux ou trois fois, en rentrant chez lui : « Pauvre Hubert ! » mais il éprouvait secrètement le vilain et irrésistible chatouillement d'égoïsme que procure neuf fois sur dix la vision du malheur d'autrui. Ses pronostics ne se trouvaient-ils pas vérifiés ? Et cela aussi n'allait pas sans une certaine douceur. La misanthropie vulgaire a beaucoup de ces satisfactions. Elles endurcissent chaque fois un peu davantage le cœur qui les éprouve. On finit, lorsqu'on méprise l'humanité d'un mépris sans nuance, par s'applaudir de sa misère, au lieu d'en saigner. Quant au doute, il ne l'admit pas une minute, surtout en se rappelant ce qu'il savait de Ludovic de La Croix-Firmin. C'était une espèce de fat, qui pouvait, à la réflexion, paraître dépourvu de toute supériorité ; il plaisait aux femmes par ces motifs mystérieux que nous ne comprenons pas plus, nous autres hommes, que les femmes ne comprennent le secret de la puissance sur nous de quelques-unes d'entre elles. Il est probable qu'il entre dans ces motifs beaucoup de cette bestialité toujours présente au fond de nos relations de personne à personne. La Croix-Firmin avait vingt-sept ans, l'âge de la pleine vigueur, des cheveux blonds et tirant sur le roux, avec des yeux bleus dans un teint clair, et des dents qui luisaient à chacun de ses sourires, très blanches entre des lèvres très fraîches. Quand il souriait ainsi, avec son menton creusé d'une fossette, son nez court et carré, les boucles frisées de sa chevelure, il rappelait ce type, immortel à travers les races, du visage du Faune, où les anciens ont incarné la sensualité heureuse. Ce qui achevait de lui donner ce caractère d'un charme physique auquel il devait d'avoir inspiré de nombreuses fantaisies, c'était la souplesse de mouvements particulière aux êtres chez lesquels la force vitale est très complète. Il était de moyenne taille, mais athlétique. Quoiqu'il fût particulièrement ignorant et d'une intelligence très médiocre, il possédait le don qui fait d'un homme ainsi bâti un personnage dangereux : il avait à un rare degré ce tact et ce flair qui révèlent la minute où l'on peut oser, où la femme, créature en rapides passages, en fugitives émotions, appartient au libertin qui la devine. La Croix-Firmin avait donc eu beaucoup d'aventures, et, quoique sa naissance et sa fortune dussent faire de lui un parfait gentleman, il les racontait volontiers. Ces indiscrétions, au lieu de le perdre, lui servaient, si l'on peut dire, de réclame. En dépit de ses légers discours et de son insolente fatuité, ce jeune homme n'avait gardé pour ennemie aucune des femmes qui s'étaient compromises pour lui, peut-être parce qu'il ne représentait à leur mémoire que de la sensation heureuse et sans lendemain. C'est l'étoffe des meilleurs souvenirs, disent les cyniques. Ce fut précisément sur l'indiscrétion de La Croix-Firmin que George compta pour réunir quelques preuves nouvelles à l'appui du fait qu'il avait appris dans le dîner du Café Anglais. En sa qualité de vieux garçon, il avait l'imagination triste et prévoyait plutôt la mauvaise fortune que la bonne. Par suite, il s'était habitué depuis longtemps à y voir clair dans les dessous du monde social. Il savait l'art d'aller à la chasse de la vérité secrète, et il excellait à ramasser en un corps les propos épars qui flottent dans l'atmosphère des conversations de Paris. Dans la circonstance, il n'était pas besoin de beaucoup d'efforts. Il s'agissait uniquement de trouver de quoi corroborer un détail par lui-même indiscutable. Quelques visites à des femmes du monde qui avaient passé la saison à Trouville, et une seule à une femme du demi-monde, Gladys Harvey, la maîtresse en titre du meilleur camarade de La Croix-Firmin, suffirent à cette enquête. Il était bien certain que Ludovic avait été l'amant de Mme de Sauve, et cela de notoriété publique ainsi que de son propre aveu, à lui, aux bains de mer. Un départ hâtif avait seul préservé Thérèse de quelque avanie inévitable, et maintenant que l'existence parisienne recommençait, dix scandales nouveaux faisaient déjà oublier ce scandale d'été, destiné à devenir douteux comme tant d'autres. George Liauran y aperçut un sûr moyen de rompre enfin la liaison d'Hubert et de Thérèse. Il suffisait pour cela de prévenir Marie-Alice. Il eut bien une minute d'hésitation, car, enfin, il se mêlait d'une histoire qui ne le regardait en rien ; mais le fonds inavoué de haine qu'il cachait en lui à l'égard des deux amants l'emporta sur ce scrupule de délicatesse, et aussi le réel désir de délivrer d'un chagrin mortel une femme qu'il chérissait. Le soir même du jour où il avait causé avec Gladys, qui lui avait rapporté, sans y attacher d'autre importance, les confidences de Ludovic à son amant, il était à l'hôtel de la rue Vaneau, et il racontait à Mme Liauran, couchée auprès de la bergère de Mme Castel, l'inattendue nouvelle qui devait changer du coup la face de la lutte entre la mère et la maîtresse.

– « Ah ! la malheureuse ! » s'écria cette femme à demi mourante de ses longues angoisses : « elle n'était même pas capable de l'aimer… » – Elle dit cette phrase avec un accent profond, où se résumaient les idées qu'elle s'était faites depuis tant de jours sur la maîtresse de son fils. Elle avait tant pensé à ce que pouvait être cette passion d'une créature coupable, pour qu'elle agit plus fortement sur le cœur d'Hubert que son amour à elle, qu'elle sentait pourtant infini ! Elle continua, en secouant sa tête blanchie, que la rêverie avait tant lassée : « Et c'est pour une pareille femme qu'il nous a torturées ?… Ah ! maman, lorsqu'il comparera ce qu'il a sacrifié et ce qu'il a préféré, il ne se comprendra plus lui-même. » Et, tendant la main à George : « Merci, mon cousin, » fit-elle, « vous m'avez sauvée. Si cette horrible aventure avait duré, je serais morte. »

– « Hélas ! ma pauvre fille, » dit Mme Castel en lui caressant les cheveux, « ne te nourris pas de vaines espérances. Si Hubert l'a aimée, il l'aime encore. Rien n'est changé. Il n'y a qu'une mauvaise action de plus, commise par cette femme, et elle doit y être habituée… »

– « Vous croyez donc qu'il ne saura pas tout cela ? » dit Marie-Alice en se redressant. « Mais je serais la dernière des dernières si je n'ouvrais pas les yeux à ce misérable enfant. Tant que j'ai cru qu'elle l'aimait, je pouvais me taire. Si coupable que fût cet amour, c'était de la passion encore, quelque chose de sincère après tout, d'égaré, mais d'exalté… Maintenant, de quel nom appelez-vous ces vilenies-là ? »

– « Soyez prudente, ma cousine, » fit George Liauran, un peu inquiété par la colère avec laquelle ces derniers mots avaient été prononcés. « Songez que nous n'avons pas à donner au pauvre Hubert de preuves palpables et indéniables qui déconcertent toute discussion. »

– « Mais quelle preuve vous faut-il donc de plus, » interrompit-elle, « que l'affirmation de quelqu'un qui a vu ? »

– « Bah ! » dit George, « pour ceux qui aiment !… »

– « Vous ne connaissez pas mon fils, » reprit la mère fièrement. « Il n'a pas de ces complaisances-là. Je ne veux de vous, avant d'agir, qu'une promesse : vous lui raconterez ce que vous nous avez dit, comme vous nous l'avez dit, s'il vous le demande. »

– « Certes ! » fit George après un silence ; « je lui dirai ce que je sais, et il conclura comme il voudra. »

– « Et s'il allait chercher querelle à ce M. de La Croix-Firmin ? » interrogea Mme Castel.

– « Il ne le peut pas, » repartit la mère, que sa surexcitation d'espérance rendait à cette minute perspicace, comme George lui-même eût pu l'être, des lois du monde ; « notre Hubert est trop galant homme pour vouloir que le nom d'une femme soit prononcé à son sujet, fût-ce le nom de celle-là… » Oui, le pauvre Hubert ! – Elle se rapprochait ainsi de lui, heure par heure, cette destinée dont la rumeur de la mer, entendue la nuit, lui aurait été le symbole durant sa veillée divine de Folkestone, s'il avait su la vie davantage. Elle se rapprochait, cette destinée, prenant pour instrument, tour à tour, l'indifférence malveillante de George Liauran et l'aveugle passion de Marie-Alice. Cette dernière, du moins, croyait travailler au bonheur de son enfant, sans comprendre qu'il vaut mieux, lorsqu'on aime, être trompé, même beaucoup, que de le soupçonner, même un peu. Et pourtant, quoiqu'elle eût dit dans son entretien avec son cousin, elle ne se sentit pas la force de parler elle-même à son fils. Elle était incapable de supporter le premier éclat de sa douleur. Assurément, les preuves données par George lui paraissaient impossibles à réfuter, et, d'autre part, elle considérait, dans sa conscience de mère pieuse, que son devoir absolu était d'arracher son fils au monstre qui le corrompait. Mais entendre, écouter le cri de révolte qui suivrait cette révélation, comment l'eût-elle pu ? Elle espérait cependant qu'il reviendrait à elle dans les minutes de son désespoir… Elle lui ouvrirait ses bras, et tout ce cauchemar de malentendus se fondrait en une effusion, – comme autrefois. Involontairement et par un mirage familier à toutes les mères, comme à tous les pères, elle ne se rendait pas un compte exact du changement d'âme accompli dans son fils. Elle le revoyait toujours tel qu'enfant elle l'avait connu, se rapprochant d'elle à la moindre de ses peines. Il lui semblait, par une fausse logique de sa tendresse, qu'une fois l'obstacle enlevé qui les avait séparés, ils se retrouveraient en face l'un de l'autre et les mêmes qu'auparavant. Sa première pensée fut de l'envoyer aussitôt chez George ; puis elle réfléchit, avec son délicat esprit de femme, qu'il y aurait là pour lui une inévitable blessure d'amour-propre. Elle eut donc recours, encore une fois, à la vieille amitié du général Scilly, à qui elle demanda de tout raconter au jeune homme.

– « Vous me donnez là une commission terriblement difficile, » répondit ce dernier quand elle lui eut tout expliqué. « J'obéirai, si vous l'exigez.

Mais, croyez-moi, il vaudrait mieux vous taire. J'ai traversé cela, moi qui vous parle, » ajouta-t-il, « et dans des conditions presque pareilles. Une gueuse est une gueuse, et toutes se ressemblent. Mais le premier qui m'en aurait touché un mot aurait passé un mauvais quart d'heure. On n'a pas eu à m'en parler, d'ailleurs. J'ai tout su moi-même. »

– « Et qu'avez-vous fait ? » interrogea Marie-Alice.

– « Ce que l'on fait quand on a une jambe brisée par un éclat d'obus, » dit le vieux soldat ; « je me suis amputé bravement le cœur. Ç'a été dur, mais j'ai coupé net. »

– « Vous voyez bien qu'il faut que mon fils apprenne tout ! » répondit la mère avec un accent de triomphe à la fois et de pitié.

VII

TEMPÊTE INTIME

Ce fut au sortir d'un déjeuner chez une amie de Mme de Sauve, et après avoir goûté le plaisir de voir sa maîtresse entrer au moment du café, qu'Hubert Liauran se rendit au quai d'Orléans, où un mot du général l'avait prié de se trouver vers les trois heures. Le jeune homme s'était imaginé, au reçu du billet de son parrain, qu'il s'agissait des arriérés de sa dette. Il savait le comte méticuleux, et plusieurs mois s'étaient écoulés sans qu'il eût acquitté les paiements promis. L'entretien commença donc par quelques paroles d'excuse, qu'il balbutia aussitôt entré dans la pièce du rez-de-chaussée, où il n'était pas revenu depuis la veille de son départ pour Folkestone. Il éprouva en pensée toutes ses sensations d'alors, à retrouver le visage de la chambre exactement tel qu'il l'avait laissé. Les notes sur la réorganisation de l'armée couvraient toujours la table ; le buste du maréchal Bugeaud ornait la cheminée, et le général, habillé d'une veste de chambre taillée en forme de dolman, fumait avec méthode dans sa courte pipe de bois de bruyère. Aux premiers mots prononcés par son filleul, il répondit simplement : « Il ne s'agit pas de cela, mon ami, » d'une voix tout ensemble grave et triste. À cette intonation seule, Hubert comprit trop bien qu'il se préparait une scène d'une importance pour lui capitale. S'il est puéril de croire aux pressentiments, dans la nuance où les gens du peuple prennent ce terme, aucune créature finement douée ne saurait nier que de très petits détails ne suffisent à provoquer la vision précise d'un prochain danger. Le général se taisait, et Hubert voyait dans ses yeux et sur ses lèvres le nom de Mme de Sauve, quoique jamais ce nom n'eût été prononcé entre lui et son parrain. Il attendit donc que la conversation reprît, avec ce battement affolé du cœur qui fait de l'impatience un supplice presque intolérable pour les êtres trop vibrants. Scilly, dont toute l'expérience sentimentale se résumait, depuis sa jeunesse, dans une déception d'amour, se trouvait maintenant saisi d'une grande pitié devant le coup qu'il allait porter à cet enfant si cher, et les phrases qu'il avait combinées, ce matin durant, lui paraissaient n'avoir pas le sens commun. Il fallait parler, cependant. Aux minutes de suprême incertitude, c'est le trait imprimé en nous par notre métier qui se manifeste d'ordinaire et gouverne notre action. Scilly était un soldat, courageux et précis. Il devait aller et il alla droit au fait.

– « Mon enfant, » dit-il avec une certaine solennité, « tu dois savoir d'abord que je connais ta vie. Tu es l'amant d'une femme mariée, qui s'appelle Mme de Sauve. Ne nie pas. L'honneur te défend de me dire la vérité. Mais l'essentiel est de mettre tout de suite les points sur les i. »

– « Pourquoi me parlez-vous de cela, « répondit le jeune homme en se levant et prenant son chapeau, « puisque vous avouez que l'honneur me commande de ne pas même vous écouter ? Tenez ! mon parrain, si vous m'avez fait venir pour entamer ce sujet, brisons là. J'aime mieux vous dire adieu avant de m'être brouillé avec vous. »

– « Aussi n'est-ce pas pour te questionner ni te sermonner que je t'ai demandé cet entretien, « répliqua le comte en prenant dans sa main la main crispée que lui avait tendue sèchement Hubert. « C'est pour te dire un fait très grave et dont il faut, oui ! il faut que tu sois informé. Mme de Sauve a un autre amant, Hubert, et qui n'est pas toi. »

– « Mon parrain, » fit le jeune homme en dégageant ses doigts de ceux du vieillard et pâlissant d'une subite colère, « je ne sais pas pourquoi vous voulez que je cesse de vous respecter. C'est une infamie que de dire d'une femme ce que vous venez de dire de celle-là. »

– « S'il ne s'agissait de toi, » répondit le comte en se levant, – et le sérieux triste de son visage contrastait étrangement avec les traits égarés de son filleul, – « tu le sais bien, je ne te parlerais ni de Mme de Sauve ni d'une autre femme. Mais je t'aime comme j'aimerais mon fils, et je te dis ce que je dirais à mon fils : tu as mal placé ton amour ; cette femme a un autre amant. »

– « Qui ? Quand ? Où ? Quelles sont vos preuves ? » répondit Hubert, exaspéré au delà de toutes limites par l'insistance et le sang-froid du général. « Mais dites ! dites !... »

– « Quand ? cet été... Qui ? un monsieur de La Croix-Firmin... Où ? à Trouville... Mais c'est le bruit de tous les salons, » continua Scilly, et il raconta, sans nommer George ni personne, les détails si indiscutables que ce dernier avait confiés à Mme Liauran, depuis le récit de Philippe de Vardes, le témoin oculaire, jusqu'aux indiscrétions de La Croix-Firmin. Le jeune homme écoutait sans interrompre ; mais, pour quelqu'un qui le connaissait, l'expression de son visage était terrible. Une colère faite de douleur et d'indignation pâlissait jusqu'à sa bouche.

– « Et de qui tenez-vous cette histoire ? » interrogea-t-il.

– « Que t'importe ? » dit le général, lequel comprit qu'indiquer en ce premier moment le véritable auteur de tout ce récit à Hubert, c'était exposer George à une scène dont l'issue pouvait être tragique. « Oui, que t'importe, puisque tu n'es pas l'amant de Mme de Sauve ? »

– « Je suis son ami, » répliqua Hubert, « et j'ai le droit de la défendre, comme je vous défendrais, contre d'odieuses calomnies… D'ailleurs, » ajouta-t-il en regardant fixement son parrain, « si vous refusez de répondre à ma question, je vous donne ma parole d'honneur que d'ici à deux jours j'aurai trouvé ce M. de La Croix-Firmin qui se permet les coquineries de ces calomnies-là, et que j'aurai une affaire avec lui sans qu'aucun nom de femme soit prononcé. »

Le général, voyant l'état de surexcitation où se trouvait Hubert, et ne sachant par quelles paroles combattre une fureur qu'il n'avait pas prévue, car elle était fondée sur la plus absolue incrédulité, se dit en lui-même que Mme Liauran seule possédait le pouvoir de calmer son fils.

– « Je t'ai dit ce que j'avais à te dire, » reprit-il mélancoliquement. « Si tu veux en savoir davantage, demande à ta mère… »

– « Ma mère ? » fit le jeune homme avec violence. « J'aurais dû m'en douter. Hé bien ! j'y vais. » Et une demi-heure plus tard il entrait dans le petit salon de la rue Vaneau, où Mme Liauran se tenait seule à cette minute. Elle attendait son fils, en effet, mais dans une mortelle angoisse. Elle savait que c'était l'instant de son explication avec Scilly, et l'issue l'en épouvantait maintenant. La vue de la physionomie d'Hubert redoubla encore ses craintes. Il était livide, avec un cercle de bistre sous les yeux, et Marie-Alice ressentit aussitôt le contre-coup de cette émotion visible,

– « Je viens de chez mon parrain, ma mère, » commença le jeune homme, « et il m'a dit des choses que je ne lui pardonnerai de ma vie. Ce qui m'a peiné davantage encore, c'est qu'il a prétendu tenir de vous les calomnies qu'il m'a répétées sur le compte d'une personne que vous pouvez ne pas aimer… Mais je ne vous reconnais pas le droit de la flétrir auprès de moi, pour qui elle a toujours été parfaite… »

– « Ne me parle pas avec cette voix, Hubert, » dit Mme Liauran, « tu me fais si mal. C'est comme si tu m'enfonçais un couteau ici… » elle montrait son sein. Ah ! ce n'était pas la voix seule d'Hubert, cette voix brève et dure, qui la torturait, c'était par-dessus tout, et une fois de plus, l'évidence du sentiment qui l'attachait à Mme de Sauve. « Entre elle et moi, » songeait-elle, « il la choisirait. » Sa douleur eut aussitôt pour résultat de raviver sa haine contre la cause de cette douleur, qui était cette femme. Elle trouva dans ce mouvement d'aversion la force de continuer l'entretien : « Tu as perdu le sentiment de notre intérieur, mon enfant, » fit-elle d'un ton plus calme ; « tu ne comprends plus quelle tendresse nous attache à toi et quels devoirs elle nous impose. »

– « Étranges devoirs, s'ils consistent à vous faire l'écho de bruits avilissants pour quelqu'un dont le seul tort est de m'avoir inspiré une amitié profonde. »

– « Non, » dit Mme Liauran, qui s'exaltait à son tour ; « il ne s'agit pas de reprendre une discussion qui déjà t'a mis en face de moi comme pour un duel sacrilège, » et en ce moment le regard du fils et celui de la mère se croisaient comme deux lames d'épées. « Il s'agit de ceci : que tu aimes une créature indigne de toi, et que moi, ta mère, je te l'ai fait dire et je te le redis. »

– « Et moi, votre fils, je vous réponds.. » et il eut le mot de mensonge sur la bouche ; puis, comme effrayé de ce qu'il allait dire : « que vous vous trompez, ma mère. Je vous demande pardon de vous parler sur ce ton, » ajouta-t-il en lui prenant la main, qu'il baisa ; « je ne suis pas maître de moi… »

– « Écoute, mon enfant, » dit Marie-Alice, dans les yeux de laquelle la douceur inattendue de ce geste fit courir des larmes, « je ne peux pas entrer avec toi dans tout ce triste détail ; » elle lui touchait les cheveux en ce moment comme aux jours où il était petit : « Va trouver ton cousin George. Il te répétera ce qu'il nous a raconté. Car c'est lui qui, dans sa sollicitude, a cru devoir nous prévenir. Mais retiens ce que ta mère te dit maintenant. Je crois à la double vue du cœur. Je n'aurais pas haï cette femme comme j'ai fait dès les premiers jours, si elle ne devait pas t'être fatale. Allons ! adieu, mon enfant. Embrasse-moi, » dit-elle avec un accent brisé. – Comprenait-elle que depuis cette heure les baisers de son fils ne seraient plus jamais pour elle ce qu'ils avaient été ?

Hubert s'élança de l'appartement, sauta dans un fiacre et donna au cocher l'adresse du Cercle Impérial, où il espérait trouver George. Mais tandis que cet homme, stimulé par la promesse d'un fort pourboire, fouettait sa bête à coups redoublés, le malheureux enfant commençait à réfléchir sur le coup si entièrement inattendu qui venait de le frapper. Le caractère de la race d'action à laquelle il appartenait se manifesta par une reprise de possession de lui-même. Il écarta dès l'abord toute idée d'une invention calomnieuse de la part de sa mère et de son parrain. Que ces deux êtres détestassent Thérèse, il le savait. Qu'ils fussent capables d'oser beaucoup pour le détacher d'elle, il venait d'en avoir la preuve. Oui, Mme Liauran et le comte pouvaient tout oser, tout, excepté mentir. – Ils croyaient donc à ce qu'ils avaient dit, et ils le croyaient sur la foi de George Liauran, lequel avait colporté un des mille bruits infâmes de Paris ; mais dans quel but ? L'esprit d'Hubert, en ce moment, n'admettait pas qu'il y eût un atome de vérité dans l'histoire des relations de sa maîtresse avec un autre homme. Il ne s'attarda pas à discuter le fait en lui-même, il pensa uniquement au personnage de la bouche de qui venait le récit. À quel mobile avait donc obéi ce cousin auquel il allait maintenant demander une explication ? Il le vit en imagination avec son visage mince, sa barbe en pointe, ses cheveux courts et son fin regard. Cette vision suscita en lui un singulier sentiment de malaise qui était, sans qu'il s'en doutât, l'œuvre de Mme de Sauve. Jamais George n'avait jusqu'ici parlé d'elle à Hubert d'une manière qui comportât une allusion ou une moquerie. Mais les femmes ont un sûr instinct de défiance, et celle-ci s'était rendu compte, dès les premiers temps, que son amour était nécessairement antipathique au cousin d'Hubert. Elle devinait qu'il voyait seulement une fantaisie de blasée, là où elle voyait, elle, une religion. Une femme pardonne des médisances précises plutôt encore qu'elle ne pardonne le ton avec lequel on parle d'elle, et elle comprenait que le simple accent de la voix de George prononçant son nom était en désaccord absolu avec les sentiments qu'elle souhaitait inspirer à Hubert. Et puis, pour tout dire, elle avait un passé, et George pouvait connaître ce passé. Un frisson la parcourait tout entière à cette seule idée. Pour ces diverses raisons, elle avait employé sa plus fine et sa plus secrète diplomatie à détacher les deux cousins l'un de l'autre. Ce travail portait aujourd'hui ses fruits, et c'était la cause qui inspirait à Hubert une invincible défiance, tandis que le fiacre l'emportait vers le cercle de la rue Boissy-d'Anglas. « Par quel moyen, » songea-t-il, « questionner George ? Je ne peux cependant pas lui dire : Je suis l'amant de Mme de Sauve, vous l'avez accusée de m'avoir trompé, prouvez-le-moi… » L'impossibilité morale d'un tel entretien était devenue, à la minute où la voiture s'arrêta devant le cercle, une impossibilité physique. Hubert se dit : « Après tout, je suis bien enfant de m'occuper de ce que croit ou ne croit pas M. George Liauran. » Il renvoya son fiacre, et, au lieu d'entrer au club, il marcha dans la direction des Champs-Elysées. Ce qui constitue l'essence merveilleuse de l'amour et son charme unique, c'est qu'il ramasse comme en un faisceau et fait vibrer à l'unisson les trois êtres qui sont en nous : celui de pensée, celui de sentiment et celui d'instinct, – le cerveau, le cœur et toute la chair. Mais c'est aussi cet unisson qui est sa terrible infirmité. Il demeure sans défense contre l'envahissement de l'imagination physique, et cette faiblesse apparaît surtout dans la naissance de la jalousie. Ainsi s'explique la monstrueuse facilité avec laquelle le soupçon surgit dans l'âme de l'homme qui se sait le plus aimé, si un détail quelconque fait se former devant les yeux de son esprit un tableau où il voit sa maîtresse le trompant. Sans doute, l'amoureux ne croit pas à la vérité de ce tableau, mais il ne peut pas non plus l'oublier entièrement, et il en souffre jusqu'à ce qu'une preuve vienne rendre cette image de tous points absurde. Comme il entre dans la formation de ce tableau une grande part de vie physique, plus la preuve sera matérielle, plus la guérison sera complète. C'est exactement ce qui arrive à celui qui se réveille d'un cauchemar, lorsque l'assaut des sensations environnantes vient dissiper le mirage torturant qui l'hallucinait dans son sommeil. Certes, Hubert Liauran, depuis une année qu'il aimait Thérèse de Sauve, n'avait jamais eu un doute, même d'une minute, sur cet amour, dont, par une délicatesse qui se trouvait être de la prudence, il n'avait jamais parlé à personne ; et encore maintenant, après les accusations formulées contre elle par le comte Scilly et Mme Liauran, il ne la croyait pas capable d'une trahison. Cependant ces accusations emportaient avec elles une réalité possible, et tandis qu'il remontait vers l'Arc-de-Triomphe, voici que le souvenir des phrases prononcées par son parrain et sa mère évoqua en lui le spectacle de Thérèse s'abandonnant à un autre homme. Ce ne fut qu'un éclair, et à peine cette vision de hideur eut-elle frappé l'esprit d'Hubert, qu'elle détermina une réaction. Par un violent effort, il chassa cette image, qui s'effaça pour quelques minutes ; puis elle reparut, accompagnée cette fois de tout un cortège d'idées probatrices. Hubert se rappela soudain que, durant le voyage à Trouville, et d'un jour à l'autre, plusieurs lettres de sa maîtresse s'étaient trouvées écrites d'une écriture un peu autre. Il semblait qu'elle se fût mise à sa table en hâte, pour s'acquitter de sa douce corvée d'amour comme d'une tâche précipitamment accomplie. Hubert avait été peiné de ce petit changement momentané, puis il s'était reproché comme une ingratitude cette tendre susceptibilité de cœur. Oui, mais n'était-ce pas aussitôt après cette courte période des lettres négligées que Thérèse avait quitté Trouville, sous le prétexte que l'air de la mer ne lui valait rien ? Ce départ avait été décidé en vingt-quatre heures. Hubert ressentait encore le mouvement de joie étonnée que lui avait procuré ce retour subit. Il ne s'attendait pas à voir Mme de Sauve rentrer à Paris avant le mois d'octobre, et il la retrouvait dans la première semaine de septembre. Cette joie d'alors se transformait rétrospectivement en une vague inquiétude. Est-ce qu'il n'y avait aucun rapport entre le trouble évident des lettres écrites avant ce départ, ce départ même et l'abominable action dont Thérèse avait été accusée ? Mais c'était une infamie à lui que d'admettre, même en imagination, des idées pareilles. Il rejeta sa tête en arrière, ferma ses yeux, plissa son front, et, réunissant toute son énergie d'âme, il put encore une fois chasser le soupçon, il était maintenant dans la plus haute partie de l'avenue. Il se sentit tellement las qu'il fit une action pour lui extraordinaire. Il chercha un café où il put s'arrêter et se reposer. Il avisa une petite taverne anglaise, perdue dans ce coin de Paris élégant, pour l'usage des cochers et des bookmakers. Il y entra. Deux hommes à face rouge, à forte encolure, et que l'on devinait devoir sentir l'écurie, se tenaient debout devant le comptoir. Par cette fin d'un après-midi d'automne, l'ombre envahissait sinistrement ce coin désert. En face du bar courait une banquette vide, et une longue table de bois était chargée d'un numéro de journal anglais à plusieurs feuilles. Hubert s'assit et se laissa servir un verre de vin de Porto, qu'il but machinalement, et qui eut sur ses nerfs tendus un effet d'excitation nouvelle. La vision lui revint, pour la troisième fois, accompagnée d'un nombre d'idées plus grand encore qui, d'elles-mêmes, se classaient en un corps de raisonnement. Thérèse était donc revenue à Paris, si vite, et elle s'était rendue à l'un de leurs rendez-vous clandestins. Pourquoi donc avait-elle eu, entre ses bras mêmes, un si violent accès de sanglots ? Elle était souvent mélancolique dans la volupté. Les ivresses de l'amour aboutissaient d'ordinaire en elle à l'attendrissement triste. Mais qu'il y avait loin de son habituelle et rêveuse langueur à cette frénésie de désespoir ! Hubert en était demeuré comme épouvanté, puis elle lui avait répondu : « Il y avait si longtemps que je n'avais goûté tes baisers. Ils me sont si doux qu'ils me font mal. Mais c'est un cher mal !... » avait-elle ajouté en l'attirant sur son cœur et en le berçant entre ses bras. Ce désespoir ne s'était pourtant dissipé entièrement ni le lendemain ni durant les semaines suivantes, qu'elle avait passées dans une maison de campagne des environs de Paris, chez une de ses amies qu'Hubert connaissait. Il était allé pour l'y voir, et il l'avait trouvée plus silencieuse que jamais, et par instants presque morne. Elle était revenue à Paris dans le même état, le visage un peu altéré ; mais il avait attribué ce changement à un malaise physique. Une subite et nouvelle association d'idées lui faisait se dire maintenant : « Si c'était un remords ?... Quel remords ?... Mais de cette infamie... » Il se leva, sortit du café, reprit sa marche et secoua cette affreuse hypothèse. « Insensé que je suis ! » pensa-t-il. » Si elle m'avait trompé, c'est qu'elle ne m'aimerait pas, et quel motif aurait-elle alors de me mentir ?... » Cette objection, qui lui parut irréfutable, chassa le soupçon pour quelques minutes. Puis le soupçon revint, – comme il revient toujours. « Mais qui est ce comte de La Croix-Firmin ? M'en a-t-elle jamais parlé ? » se demanda-t-il. En fouillant anxieusement tous ses souvenirs, il ne put trouver que ce nom eût jamais été prononcé par elle... Si, cependant... Il aperçut soudain, et dans un coin perdu de sa mémoire, les syllabes de ce nom haï déjà. Il les avait vues imprimées dans un article de journal sur les fêtes de Trouville. C'était sur une feuille du boulevard, certainement, et dans une série où il avait remarqué aussi le nom de sa maîtresse. Par quel hasard ce petit fait, insignifiant en lui-même, revenait-il le tourmenter à ce moment ? Il douta de son exactitude et prit une voiture pour aller jusqu'aux bureaux du seul journal qu'il lût d'habitude. Il feuilleta la collection et remit la main sur l'entrefilet, dont il se souvenait sans doute parce qu'il l'avait lu plusieurs fois à cause de Thérèse. C'était le compte rendu d'une garden party organisée chez une marquise de Jussat. Est-ce que cela prouvait seulement que ce M. de La Croix-Firmin eût été présenté à Mme de Sauve ? « Ah ! » s'écria le pauvre enfant à la suite de ces meurtrières réflexions, « est-ce que je vais devenir jaloux ? » Cela lui représentait une idée insupportable, car rien n'était plus contraire que la défiance à la loyauté innée de toute sa nature. Il se ressouvint alors de la chaude tendresse que son amie lui avait prodiguée depuis le premier jour, et, comme il avait dès lors pris l'habitude douce de lui ouvrir tout son cœur, il se dit qu'il avait un moyen assuré d'éloigner pour toujours cette mauvaise vision. Il fallait simplement voir Thérèse et tout lui dire. D'abord, c'était la prévenir d'une calomnie à laquelle elle avait à couper court aussitôt. Puis il sentait qu'un seul mot sorti de la bouche de cette femme dissiperait immédiatement jusqu'à l'ombre de l'inquiétude dans sa pensée, il entra dans un bureau de poste et griffonna sur le papier bleu d'une petite dépêche pneumatique : « Mardi, cinq heures. – L'ami est triste et ne peut se passer de son amie. Des méchants lui ont parlé d'elle en lui faisant mal. À qui dire tout cela, sinon à la chère confidente de toute douleur et de tout bonheur ? Peut-elle venir demain où elle sait, à dix heures, dans la matinée ? Qu'elle le puisse, et elle sera plus aimée encore, s'il est possible, de son H. L..., qui signifie par cette fin d'après-midi : Horrible Lassitude. » C'est sur ce ton de puérilité tendre qu'il lui écrivait, avec la mignardise de mots où la passion dissimule souvent sa violence native. Il glissa la fine dépêche dans la boîte, et il fut étonné de se sentir redevenu presque paisible. Il avait agi, et la présence du réel avait chassé la vision.

VIII

LA CHUTE

Au moment où Thérèse de Sauve reçut la dépêche d'Hubert, elle se préparait à s'habiller pour sortir et dîner en ville. Elle décommanda aussitôt sa voiture, et elle écrivit un mot en hâte pour mettre son absence sur le compte d'une indisposition subite. Elle venait, à la lecture des simples phrases de ce billet bleu, d'être prise d'une sueur glacée et d'un tremblement. Elle consigna sa porte et s'accroupit sur une chaise basse, la tête dans ses mains, devant le feu de la cheminée de sa chambre à coucher. Depuis son retour de Trouville, elle vivait dans une continuelle angoisse, et ce qu'elle redoutait à l'égal de la mort était arrivé. Pour que son ami tant aimé, qu'elle avait quitté à deux heures si parfaitement tranquille et joyeux, fût tombé dans l'état d'esprit qu'elle pressentait derrière le plaintif enfantillage de son billet, il fallait qu'une catastrophe fût survenue. Quelle catastrophe ? Thérèse le devinait trop. On n'avait pas menti à George Liauran. Pendant le séjour de la malheureuse femme aux bains de mer, il s'était joué dans sa vie un de ces drames secrets d'infidélité comme il s'en joue en effet beaucoup dans la vie des femmes qui sont une fois sorties du droit chemin. Mais nos actions, si coupables soient-elles, ne donnent pas toujours la mesure de notre âme. Il y avait, dans la nature de Mme de Sauve, des portions très hautes à côté de portions très basses, un mélange singulier de corruption et de noblesse. Elle pouvait bien commettre des fautes abominables, mais se les pardonner, comme c'est l'habitude heureuse de la plupart des femmes de ce genre, elle ne le pouvait pas, et maintenant moins que jamais, après ce qu'avait représenté dans sa vie cette passion de plusieurs mois pour Hubert. Ah ! sa vie ! sa vie ! C'est elle que Thérèse de Sauve apercevait dans les flammes tremblantes de la cheminée, par cette fin d'une journée d'automne, et le cœur bourrelé d'appréhensions. Tout le poids des erreurs anciennes, des criminelles erreurs, lui retombait maintenant sur le cœur, et elle se souvenait de l'état de morne agonie où elle se trouvait lorsqu'elle avait rencontré Hubert. Elle avait été douée par la nature des dispositions qui sont les plus funestes à une femme au milieu de la société moderne, à moins que cette femme ne se marie dans des conditions rares, ou bien que la maternité ne la sauve d'elle-même en brisant les énergies de sa vitalité physique et en accaparant les ardeurs de sa vitalité morale. Elle avait le cœur romanesque, et son tempérament faisait d'elle une créature passionnée, c'est-à-dire qu'elle nourrissait à la fois des rêveries de sentiments et d'invincibles appétits de sensations. Lorsque les personnes de ce genre rencontrent, au début de leur existence, un homme qui satisfait les doubles besoins de leur être, c'est entre elles et cet homme de ces fêtes mystérieuses de l'amour comme les poètes en conçoivent sans jamais les étreindre. Lorsque leur destinée veut qu'elles soient livrées, ainsi que l'avait été Thérèse à son mari, à un homme qui les traite dès l'abord en courtisanes et les initie, en fait et en pensée, à la science du plaisir, sans avoir assez de finesse pour contenter l'autre moitié de leur âme, ces femmes-là deviennent nécessairement des curieuses, capables de tomber dans les pires expériences, – et alors leur stérilité même est un bonheur ; car, du moins, elles ne transmettent par cette flamme de vie sentimentale et sensuelle qu'elles ont d'ordinaire héritée de la faute d'une mère. C'était de sa mère, en effet, misérable créature conduite par l'ennui et l'abandon, toute froide qu'elle fût, à de coupables égarements, que Thérèse tenait son imagination rêveuse, tandis qu'il coulait dans ses veines le sang brûlant de son vrai père, le beau comte Branciforte. Avec cela cette enfant d'un libertin et d'une affolée avait été élevée, sans principes religieux ni frein d'aucune sorte, par Adolphe Lussac, homme très immoral que les vivacités de la petite fille amusaient et qui, de bonne heure, avait fait d'elle la convive de bien des dîners où elle entendait tout ce qu'elle n'aurait pas dû entendre, où elle devinait tout ce qu'elle aurait dû ignorer. Qui calculera la part d'influence attribuable, dans les chutes d'une femme de vingt-cinq ans, aux discours écoutés ou surpris par la fillette en robe courte ?

Thérèse, ainsi élevée, mariée très jeune, n'était donc pas arrivée jusqu'à sa rencontre avec Hubert sans avoir eu de ces aventures que la plupart des femmes ont aussitôt, contrairement à la théorie célèbre de la crise, ou qu'elles n'ont jamais. Mais les deux intrigues qu'elle avait traversées de la sorte avaient été pour elle l'occasion de tels dégoûts qu'elle s'était juré de ne plus jamais avoir d'amant. Hélas ! il en est des bonnes résolutions d'une femme qui est tombée et qui a souffert de sa chute, comme des fermes propos d'un joueur qui a perdu trois mille louis et d'un ivrogne qui a dit ses secrets durant son ivresse. Les causes profondes qui ont produit le premier adultère continuent de subsister après que la faute a cruellement abreuvé la coupable de toutes les amertumes. La femme qui prend un amant aime moins cet amant qu'elle n'aime l'amour, et elle continue d'aimer encore l'amour quand l'amant choisi l'a déçue, jusqu'à ce qu'elle arrive, de désillusions en désillusions, à aimer le plaisir sans amour, et quelquefois le plus dégradant plaisir. Thérèse de Sauve ne devait jamais en descendre là, parce qu'un sentiment de l'idéal persistait en elle, trop faible pour contre-balancer les fièvres des sens, assez fort pour éclairer à ses propres yeux l'abîme de ses défaillances. Cette taciturne, dans laquelle passaient par instants les frissons d'un désir presque brutal, n'était pas une épicurienne, une légère et gaie courtisane du monde. Conçue parmi les remords de sa mère, Thérèse avait l'âme tragique. Elle était capable de dépravation, mais, incapable de cet oubli amusé qui cueille l'heure fugitive et qui ne retrouve qu'avec effort le nom du premier amant parmi tant d'autres. Non, ce premier amant, ce baron Desforges, soupçonné avec justice par George Liauran, jamais elle ne devait y songer sans une nausée intime, en se rappelant quels tristes motifs l'avaient livrée à lui. C'était un homme réfléchi jusqu'à la rouerie et spirituel jusqu'au cynisme, de la sorte d'esprit parisien qui a cours entre l'Opéra, Tortoni et le Café Anglais. Il avait eu, en faisant la cour à Thérèse, le bon sens de ne pas se perdre, comme les nombreux rivaux qu'il avait alors auprès d'elle, troupe de bêtes de proie en train de flairer une victime, dans les mièvreries des flirtations à la mode. Il lui avait nettement, avec une grande adresse de discours et une profondeur dans le vice, offert d'arranger avec lui une sorte d'association pour le plaisir, secrète, sûre, sans avenir, et l'infortunée avait accepté, – pourquoi ? Parce qu'elle s'ennuyait mortellement, parce qu'elle enlevait momentanément Desforges à Suzanne Moraines, une de ses rivales d'élégance ; parce qu'elle était avide de sensations nouvelles et que ce viveur vieillissant avait autour de lui un étrange prestige de libertinage. De cette liaison, que le baron, fidèle du moins à sa parole, n'avait pas essayé de prolonger, Thérèse avait eu bientôt une honte profonde, et elle s'en était échappée comme d'un bagne. Après une année passée à subir ses remords et à se sentir souillée par ce que l'intimité de cet homme lui avait révélé de science du vice, elle avait cru trouver de quoi satisfaire ses besoins de cœur dans la personne de Jacques Molan, l'un des romanciers les plus subtils de ce temps. Est-ce que tous les livres de ce charmant conteur, depuis son premier et unique volume de poésie jusqu'à son dernier recueil de nouvelles, ne révélaient pas l'entente la plus minutieuse et la plus attendrie du doux esprit féminin ? Dans cette seconde liaison commencée sur la plus enivrante espérance, celle de consoler les secrètes déceptions d'un artiste admiré, Thérèse s'était bientôt heurtée à l'implacable sécheresse du littérateur usé, chez lequel le divorce est absolu entre le sentiment et son expression écrite. (Voir la Duchesse bleue.) Elle s'était pourtant obstinée à rester la maîtresse de cet homme, même détrompée, par cette raison qui veut que de tous les amours de femmes, le deuxième soit le plus long à finir. Elles veulent bien admettre que le premier ait été une erreur, mais l'erreur du mariage et l'erreur de ce premier amour, cela fait deux ; à la troisième faute, elles se rendent compte que la cause de leur inconduite est en elles et non pas dans les circonstances, et c'est là un aveu trop cruel pour l'orgueil intérieur. Puis l'égoïsme de l'écrivain s'était révélé avec une telle dureté, une fois sûr d'elle, que la révolte avait été trop forte, et Thérèse avait brisé. C'est dans la période d'acre détresse postérieure à cette rupture qu'elle avait rencontré Hubert Liauran. Ce qu'avait été pour elle la découverte de ce cœur d'enfant tendre, du coin de son feu solitaire auprès duquel elle s'obstinait à veiller, elle le voyait si nettement. Dans cette existence, où tout n'avait été que blessure ou flétrissure, – même ses plus vives douleurs n'étaient-elles point déshonorées à l'avance par leur cause ? – avec quelle émotion ravie elle avait mesuré la pureté de cette âme de jeune homme ! Quelle inquiétude elle avait ressentie et quelle crainte de ne pas lui plaire ! Quelle crainte encore, sachant qu'elle lui avait plu, de se perdre dans son esprit ! Comme elle avait tremblé qu'un des cruels indiscrets du monde ne révélât son passé à Hubert ! Comme elle avait employé tout son art de femme à faire de cet amour un adorable poème où rien ne manquât de ce qui peut enchanter une âme innocente et neuve à la vie ! Comme elle avait joui de ses respects et comme elle les avait laissés se prolonger ! Ah ! ces deux journées de Folkestone, quand elle y songeait maintenant, à peine pouvait-elle croire qu'elles eussent été réelles et qu'elle eût eu le courage de leur survivre. Elle se rappelait avoir conduit Hubert à la gare, en dépit de toutes les prudences. Elle l'avait vu disparaître du côté de Londres, penché à la portière du wagon pour la regarder plus longtemps. Elle était rentrée dans l'appartement qu'ils avaient occupé tous les deux, avant de prendre elle-même le train de Douvres. Elle avait passé là deux heures dans le mortel abandon d'une âme comblée de désespoir à la fois et de félicité. Sous le poids des souvenirs, cette âme penchait, comme les fleurs chargées de trop de parfums qui se mouraient autour d'elle, maintenant, dans les vases. C'est qu'elle avait connu là une complète union de ses deux natures, la vibration presque affolante de son être entier.

Elle s'était à demi pardonné son passé en s'excusant elle-même par cette phrase qu'elle disait mentalement à Hubert, comme tant de femmes l'ont dite tout haut à des hommes jaloux d'un autrefois qui fut à d'autres :

« Je ne te connaissais pas ! » Rentrés à Paris ensuite, durant le printemps et l'été, qu'elle s'était soigneusement, pieusement, appliquée à vivre de manière à ne pas démériter de lui une seule minute ! Elle avait retrouvé toutes les pudeurs que comporte l'amour complet, mais ennobli par l'âme. Elle tremblait toujours que ses caresses ne fussent une cause de corruption pour cet être si jeune de cœur, si jeune de corps, qu'elle voulait enivrer sans le profaner. Quoiqu'elle fût éperdument éprise, elle avait voulu que les rendez-vous se fissent rares dans le petit appartement de l'avenue Friedland, de peur de ne pas conserver assez longtemps à ses yeux son charme de divine nouveauté. Ils n'avaient pas été bien nombreux, – elle aurait pu les compter et goûter en songe la douceur distincte de chacun, – les après-midi où elle avait retrouvé les délices des heures de Folkestone, tous volets clos, sans lumière, ensevelie dans les bras de son amant, morte à ce qui n'était pas cette minute et cette ivresse. Elle en était venue à ce point d'idolâtrie pour Hubert qu'elle adorait Mme Liauran, quoiqu'elle sût bien qu'elle en était haïe. Oui, elle l'adorait d'avoir élevé ce fils dans cette atmosphère de sensibilité frémissante et pure. Elle l'adorait de le lui avoir gardé, à travers les années de l'adolescence et de la jeunesse, si délicat, si gracieux, si tendre, si à elle, si uniquement à elle dans le passé, dans le présent et dans l'avenir. Car elle avait l'orgueil, presque la folie de son propre amour Elle lui disait : « Ta vie commence, la mienne finit. Oui, enfant, à trente ans une femme est presque à la fin de sa jeunesse, et toi, tu as tant d'années devant toi ! Mais jamais, jamais on ne t'aimera comme je t'aime, et jamais tu ne m'oublieras, jamais, jamais... » Et d'autres fois : « Tu te marieras, » disait-elle. « Elle vit pourtant, elle respire, et je ne la connais pas, celle qui doit te prendre à moi, celle qui dormira sur ton cœur, toutes les nuits, comme moi à Folkestone. Ah ! faut-il que je t'aie rencontré si tard et que je ne puisse te lier à mes baisers !... » Et elle lui entourait le cou avec les tresses défaites de ses longs cheveux noirs. Elle avait repris l'habitude qu'elle avait eue, jeune fille, de se coiffer elle-même, afin qu'il pût manier librement ces beaux cheveux. Puis, quand elle s'était ainsi recoiffée toute seule, qu'elle s'était habillée et voilée, elle revenait auprès de lui, ne voulant pas lui dire adieu ailleurs que dans la chambre mystérieuse où ils s'étaient aimés, et aucune sensation n'était plus forte pour Hubert, elle le comprenait aux palpitations de son cœur, que ce baiser d'adieu qu'elle lui donnait avec des lèvres presque froides. Elle s'en allait, en proie à une tristesse sans nom, mais qu'elle disait du moins à son ami. Car elle ne lui disait pas toutes ses tristesses. Elle était mariée, et, quoiqu'elle eût de tout temps possédé sa chambre à elle, il fallait qu'elle y reçût quelquefois son mari. Hélas ! il le fallait d'autant plus qu'elle avait un amant. Sinistre expiation de son grand amour, dont elle se justifiait en se disant qu'elle devait cela à Hubert ! Si jamais elle devenait mère, pouvait-elle s'enfuir avec lui et lui prendre sa vie ? Et l'implacable nécessité des meurtriers mensonges et des avilissants partages venait la torturer en plein bonheur. Elle s'en absolvait cependant, puisque c'était pour lui, son bien-aimé, qu'elle mentait…

Oui, mais quelle monstrueuse énigme se dressait souvent devant elle ? Ah ! la cruelle, cruelle énigme ! Comment, avec cet amour sublime dans son cœur, avait-elle pu faire ce quelle avait fait ? Car c'était bien elle et non pas une autre, elle, avec ses pieds qu'elle sentait glacés, avec ses mains qui pressaient son front où battait la fièvre ; elle, avec tout son être physique enfin, qui était partie pour Trouville à la fin du mois de juillet ; elle, Thérèse de Sauve, qui s'était installée pour la saison dans une villa sur la hauteur. Oui, c'était elle… Et pourtant, non ! Il n'était pas possible que la maîtresse d'Hubert eût fait cela… Quoi ? cela ? Ah ! cruelle, cruelle énigme !… De quelles profondeurs de la mémoire de ses sens étaient donc sortis ces passages étranges, ces sourdes tentations de luxure qui avaient commencé de l'assaillir ? Mais est-ce que les sens ont vraiment une mémoire ? Est-ce que les coupables fièvres ne veulent pas s'en aller pour toujours du sang qu'elles ont brûlé dans des heures mauvaises ? Une fois établie en sa villa, elle avait retrouvé des amies d'autrefois, très négligées depuis le commencement de sa liaison avec Hubert. Elle avait fait avec ces femmes et leurs attentifs, leurs fancy men, – comme disait une lady mêlée à ce cercle, – plusieurs parties de campagne, très gaies et très innocentes. Et voici que, jour à jour, elle se prenait, non pas à moins aimer Hubert, mais à vivre un peu à côté de cet amour, à se complaire de nouveau dans les habitudes de familiarités masculines qu'elle s'était interdites depuis une année. Elle était si oisive dans sa villa, sans occupation d'intérieur, sans lecture même. Car elle n'avait jamais beaucoup aimé les livres, et sa liaison avec Jacques Molan l'avait dégoûtée à jamais du mensonge des belles phrases. Quand elle avait écrit à Hubert longuement, puis brièvement à son mari, qui venait d'ailleurs la voir chaque semaine, il lui fallait bien tromper l'ennui, et par moments il lui arrivait comme des bouffées d'idées qu'elle n'osait pas s'avouer à elle-même. Des besoins de sensations s'élevaient en elle, qui l'étonnaient. Elle savait, pour l'avoir entendu dire, que presque tous les hommes, si tendres soient-ils, ne demeurent pas loin de leur maîtresse, si aimée soit-elle, sans éprouver des tentations irrésistibles de la tromper avec la première fille venue. Mais cela était vrai des hommes et non des femmes. Pourquoi donc se trouvait-elle en proie à ces troubles inexplicables, à cette ardeur intime, à cette soif d'ivresses sensuelles dont elle s'était crue à jamais guérie par l'influence de son ennoblissant, de son idéal amour ? La créature dépravée qu'elle avait été autrefois se réveillait peu à peu. La nuit, durant son sommeil, elle était hantée par les visions de son passé. En vain elle avait lutté, en vain maudit sa perversion secrète. Puis elle s'était laissé faire la cour par le jeune comte de La Croix-Firmin. Elle se rappelait avec horreur la sorte de fascination animale que la présence de cet homme, son sourire, ses yeux, avaient exercée sur elle. Puis, – elle aurait voulu mourir à ce souvenir, – un après-midi qu'il était monté chez elle, qu'il faisait une de ces torrides chaleurs par lesquelles la volonté se sent comme malade, il avait été audacieux, et elle s'était abandonnée à lui, d'abord lâchement, puis fougueusement, rageusement. Pendant huit jours elle avait été sa maîtresse, en proie à l'égarement de la passion physique, chassant, chassant toujours le souvenir d'Hubert, se sentant rouler dans un gouffre d'infamie et s'y précipitant plus avant encore, jusqu'au jour où elle s'était réveillée de cette fureur sensuelle ainsi que d'un songe. – Elle avait ouvert les yeux, elle avait jugé sa honte, et, comme une blessée, comme une agonisante, elle avait fui cet endroit maudit, ce complice exécré, pour revenir – à quoi ? et à qui ?

Mélancolique et navrant retour vers ce qui avait été la réparation de sa vie entière et qu'elle avait flétri à jamais ! Elle était rentrée dans l'appartement des heures douces, et elle avait retrouvé Hubert, son Hubert, – mais pouvait-elle encore l'appeler ainsi ? – plus tendre, plus aimant, plus aimé encore. Hélas ! son inexpiable tromperie l'avait-elle rendue pour toujours impuissante à goûter un bonheur dont elle n'était plus digne ? Entre les bras du jeune homme et sur son cœur, elle s'était souvenue de l'autre, et l'extase d'autrefois, la délicieuse et ineffable défaillance dans le trop sentir, l'avait fuie. C'est alors qu'Hubert l'avait vue sangloter désespérément, et une immense tristesse l'avait envahie, une torpeur de mort, traversée de l'inquiétude atroce qu'une indiscrétion quelconque n'arrivât jusqu'à son ami et n'éveillât ses soupçons. De sa réputation, à elle, elle ne se souciait guère ; elle savait bien qu'après s'être conduite comme elle avait fait avec La Croix-Firmin elle ne pouvait guère compter que sur son mépris et sur sa haine. Elle savait aussi ce que vaut la délicatesse des hommes dont c'est la profession d'avoir des femmes. Ce qui la torturait, pourtant, ce n'était pas la crainte qu'en parlant il ne compromît sa sécurité personnelle. Après tout, sans enfants, et riche d'une fortune indépendante, qu'avait-elle à redouter de son mari ? Mais une défiance dans les yeux d'Hubert, elle sentait qu'elle ne pourrait pas la supporter. Peut-être, néanmoins, vaudrait-il mieux qu'il sût l'affreuse vérité ? Il la chasserait comme une malheureuse ; mais tout lui semblait, par instants, préférable au supplice d'avoir ce remords sur le cœur et de mentir sans cesse à ce noble enfant. Elle s'était remise à l'aimer avec une frénésie désespérée, et comme sa révolte contre la partie basse de sa nature la précipitait à l'excès dans l'autre sens, c'est-à-dire vers le romanesque, un insensé désir l'envahissait de tout lui dire, afin que du moins l'humiliation volontaire de son aveu fût comme un rachat de son infamie. Et cependant, quoique le silence fût bien un mensonge, ce mensonge-là, elle avait encore la force de le soutenir ; mais un mensonge effectif, si jamais il l'interrogeait, elle souffrait trop pour en avoir la honteuse énergie. Et cette interrogation, elle allait avoir à l'affronter ; elle la lisait entre les lignes de la dépêche. Ah ! qu'allait-elle faire, maintenant, si elle avait deviné juste ? Elle avait bu du fiel de la honte tout ce qu'elle en pouvait supporter. Aurait-elle le cœur de boire cette goutte encore, la plus amère, et de trahir une fois de plus son unique amour par une nouvelle tromperie ? Du moins, si elle était franche, il faudrait bien qu'Hubert l'estimât de cette franchise, et si elle ne l'était pas, comment elle-même se supporterait-elle ? – Oui ; mais parler, c'était la mort de son bonheur. Hélas ! est-ce qu'il n'était pas mort déjà depuis son retour ? Est-ce qu'elle retrouverait jamais ce qu'elle avait senti autrefois ? À quoi bon disputer au sort ce reste mutilé, souillé, d'un divin songe ?... Et, toute cette nuit, elle plia sous l'agonie de ces pensées, faible créature née pour toutes les noblesses de l'amour unique et fidèle, qui avait entrevu, possédé son rêve ; et puis elle en avait été dépossédée par la faute d'un être caché en elle, mais qui, cependant, n'était pas elle tout entière.

IX

DERNIÈRE NOBLESSE

Dans le fiacre qui l'emportait vers l'avenue Friedland, au lendemain de cette nuit d'agonie, Thérèse de Sauve ne prit aucune des précautions qui lui étaient habituelles, comme de changer de voiture en route, de nouer sur son visage une double voilette, d'épier au détour des rues, par la petite vitre de derrière, si rien de suspect n'accompagnait sa promenade clandestine. Toute cette craintive cachotterie de l'amour défendu lui plaisait autrefois délicieusement, à cause d'Hubert. Assurer le mystère de leur intrigue, n'était-ce pas en assurer la durée ? Il s'agissait bien de cela, maintenant ! Elle tenait dans sa main non gantée une petite clef d'or pendue à la chaînette d'un bracelet, – joli bijou de tendresse que son amant avait fait forger pour elle. Cette clef, qui ne quittait jamais son poignet, servait à ouvrir la porte du rez-de-chaussée prêté par Emmanuel Deroy, asile adoré des quelques journées où elle avait vraiment vécu sa vie, oasis de rêve vers laquelle la malheureuse allait à présent comme vers un cimetière. Il devait y avoir de l'orage dans la journée, car l'atmosphère de ce matin d'automne était lourde et toute chargée d'une torpeur électrique, dont l'influence exaspérait encore ces nerfs malades de femme. Elle ne dit pas à son cocher, comme elle faisait toujours, de pousser la voiture dans l'allée ; car la maison avait deux issues, et la porte cochère grand ouverte lui permettait d'arriver avec le fiacre devant la porte même de l'appartement sans être vue du concierge, dont la discrétion était d'ailleurs garantie par les profits que rapportait la liaison de l'ami de son locataire. Tout le long du chemin, elle avait fixé les yeux sur les moindres détails des rues successivement traversées ; elle les connaissait si bien, depuis les enseignes des boutiques jusqu'à la physionomie des maisons, parce que ces images étaient associées aux plus heureux souvenirs de son trop court roman. Elle leur disait en pensée le même adieu funèbre qu'à son bonheur. Elle aussi, en proie aux hallucinations de l'épouvante, et ne distinguant plus le possible du réel, elle ne doutait plus qu'Hubert ne sût tout. Elle relisait le billet reçu la veille et dont chaque mot, pour elle qui connaissait si bien le caractère du jeune homme, trahissait une profonde angoisse. D'où cette angoisse serait-elle venue, sinon d'un événement relatif à leur amour ? Et de quel événement, sinon d'une révélation sur l'horrible tromperie, sur l'acte infâme commis par elle, oui, par elle-même ? Dieu ! s'il était quelque part une eau sacrée où se laver le sang, où noyer le souvenir de toutes les fièvres mauvaises ! Mais non ! il continue de courir dans nos veines, ce sang chargé de nos péchés les plus honteux. Il n'y a pas eu d'interruption entre le battement de notre pouls à l'heure du remords et son battement à l'heure de la faute. Et Thérèse sentait de nouveau s'appuyer sur son visage les baisers de l'homme avec lequel elle avait trahi Hubert ; elle les avait rendus, cependant, ces affreux baisers.

– « S'il m'interroge, comment trouver la force de lui mentir, et à quoi bon ?... » Cette phrase à laquelle aboutissaient depuis la veille toutes ses méditations, elle se la disait encore à la minute où elle se trouvait devant la porte derrière laquelle allait, sans doute, se jouer une des scènes les plus tragiques pour elle du drame de sa vie. Elle eut du mal à glisser la petite clef d'or dans la serrure, tant ses doigts tremblaient, – cette clef donnée pour être maniée avec d'autres sentiments ! Elle savait, à n'en pas douter, qu'au seul bruit du pêne tournant sur la gâche Hubert serait là, derrière cette porte, à l'attendre. Il était là, en effet, qui la reçut dans ses bras. Il sentit ses lèvres toutes froides. Il la regarda, ainsi qu'il faisait chaque fois, après l'avoir pressée contre lui. On eût dit qu'il voulait se mieux démontrer la vérité de cette présence. Ce premier baiser infligeait toujours à Thérèse un spasme au cœur, et il lui fallait son invincible crainte de déplaire à son ami pour se détacher de ses bras. Encore à ce moment, et malgré les tortures de la nuit, elle tressaillit jusqu'au fond de l'être, et comme un désir fou s'empara d'elle de griser Hubert par tant de caresses qu'ils oubliassent tous deux, lui, ce qu'il avait à demander ; elle, ce qu'elle avait à répondre. Ce ne fut qu'un frisson, pourtant, et qui tomba rien qu'à entendre la voix du jeune homme la questionner avec anxiété. « Tu es malade ? » disait-il. La voyant toute pâlie, le tendre enfant se reprochait de l'avoir fait venir par cette matinée, et devant cette évidente souffrance il avait déjà oublié le motif du rendez-vous. D'ailleurs, sa confiance dans l'issue de l'entretien était telle qu'il n'avait pas subi une seule reprise de ses soupçons depuis la veille. « Tu es malade ? » répéta-t-il en l'entraînant dans l'autre pièce et la faisant s'asseoir sur un divan. Comme Emmanuel Deroy avait été attaché à la légation de Tanger avant d'aller à Londres, son appartement était tout garni d'étoffes d'Orient, et ce grand divan, drapé de tapis, placé juste en face de la porte d'un petit jardin, était particulièrement chéri d'Hubert et de Thérèse. Ils avaient tant causé parmi ces coussins où reposaient leurs têtes unies, dans ces minutes de l'intimité qui suivent les ivresses de l'amour, – intimité que lui, du moins, préférait à ces ivresses. Il avait beau aimer Thérèse jusqu'à tout lui sacrifier, il n'en était pas moins demeuré catholique au fond de sa conscience, et un obscur remords mêlait sa secrète amertume à la douceur que lui versaient les baisers. Il pensait à sa propre faute et surtout au péché qu'il faisait commettre à Thérèse. Dans la naïveté de son cœur, il s'imaginait l'avoir séduite ! Elle s'affaissa plutôt qu'elle ne s'assit sur ce profond divan, et il commença de lui ôter sa voilette, son chapeau et son manteau. Elle le laissait faire en lui souriant avec un attendrissement infini. Au sortir de ses heures de tourmentante insomnie, c'était pour elle quelque chose d'amer tout à la fois et de pénétrant que l'impression de la câlinerie du jeune homme. Elle le trouvait si affectueux, si délicatement intime, si pareil à lui-même, qu'elle songea que, sans doute, elle s'était trompée sur le sens du billet, et à la question sur sa santé, afin de sortir d'incertitude tout de suite, elle répondit :

– « Non, je ne suis pas malade ; mais le ton de ta dépêche était si étrange qu'il m'a inquiétée. »

– « Ma dépêche ? » reprit Hubert en lui serrant les mains, qu'elle avait froides, pour les réchauffer. « Ah ! ce n'était pas la peine… Tiens ! maintenant je n'ose plus même t'avouer pourquoi je l'ai écrite. »

– « Avoue tout de même, » fit-elle avec une insistance déjà angoissée, car l'embarras d'Hubert venait de lui rendre l'inquiétude dont elle avait tant souffert.

– « On est si étrange ! » reprit le jeune homme en secouant la tête. « On a des heures où l'on doute malgré soi de ce que l'on sait le mieux… Mais il faut d'abord que tu me pardonnes d'avance. »

– « Te pardonner, » dit-elle, « mon ange ! Ah ! Je t'aime trop !… Te pardonner ? » répéta-t-elle ; et ces syllabes, qu'elle entendait sa propre voix prononcer, retentissaient dans sa conscience d'une façon presque intolérable. Qu'elle aurait voulu, en effet, avoir à pardonner et non pas à être pardonnée ! « Mais quoi ?… » interrogea-t-elle d'une voix plus basse et qui révélait le recommencement de son trouble intérieur.

– « D'avoir pu me laisser troubler une minute par une infâme calomnie, que des personnes qui haïssent notre amour m'ont rapportée sur ta vie à Trouville… Mais qu'as-tu ?… » – Cette phrase, et plus encore le son de voix avec lequel elle avait été prononcée, était entrée dans le cœur de Thérèse comme une lame. Peut-être si Hubert l'avait accueillie, dès son arrivée, par des paroles de soupçon, ainsi que les hommes savent en inventer, dont chaque mot suppose une absence de foi qui devance les preuves, aurait-elle trouvé dans son orgueil de femme l'énergie d'affronter le soupçon et de nier. Mais il y avait dans l'attitude du jeune homme, depuis le début de cette explication, la sorte de confiance tendre, candide et désarmée qui impose la sincérité à toute âme demeurée un peu noble ; et, malgré ses défaillances, Thérèse n'était pas née pour les compromis des adultères ni surtout pour les complications des trahisons. Elle était de ces créatures capables de grands mouvements de conscience, de soudains reflux de générosité, qui, descendues à un certain degré, disent : « C'est assez d'abjection ! » et préfèrent se perdre entièrement à s'abaisser davantage. Les remords des dernières semaines l'avaient d'ailleurs amenée à cet état de sensibilité souffrante qui pousse aux actes les plus déraisonnables, pourvu que ces actes terminent la souffrance. Et puis, l'énervement de la nuit d'insomnie, augmenté encore par le malaise du jour orageux, lui rendait aussi impossible de dissimuler ses émotions qu'il l'est à un soldat, frappé de panique, de dissimuler sa peur. En ce moment, son visage était à la lettre bouleversé par l'effet de ce qu'elle venait d'écouter et par l'attente de ce que son inconscient bourreau allait dire. Il y eut une minute d'un silence plus que pénible pour tous les deux. Le jeune homme, assis sur le divan à côté de sa maîtresse, la regardait avec ses paupières baissées, sa bouche entr'ouverte, sa face de morte. L'excès de ce trouble avait quelque chose de si étonnamment significatif, que tous les soupçons, soulevés et chassés la veille, se réveillèrent à la fois dans la pensée de l'enfant. Il vit soudain devant lui des gouffres, dans l'éclair d'une de ces intuitions instantanées qui nous illuminent parfois tout le cerveau, à des heures d'émotion suprême.

– « Thérèse ! » cria-t-il, épouvanté de sa propre vision et de l'horreur subite qui l'envahissait. « Non ! ce n'est pas vrai, ce n'est pas possible !… »

– « Quoi ? « fit-elle encore. « Parlez, je vous répondrai. »

Le passage du tendre « tu » de leur intimité à ce « vous », que son accent vaincu rendait si humble, acheva d'affoler Hubert. – « Mais non ! » continua-t-il en se levant et se mettant à marcher à travers la chambre d'un pas brusque dont le bruit piétinait le cœur de la pauvre femme ; « je ne peux même pas formuler cela… Je ne peux pas… Eh bien ! si !… » fit-il en s'arrêtant devant elle : « On m'a dit que tu avais été à Trouville la maîtresse d'un comte de La Croix-Firmin, que c'était la fable de l'endroit, que des jeunes gens t'avaient vue entrer chez lui et l'embrasser, que lui-même s'était vanté d'avoir été ton amant… Voilà ce qu'on m'a dit, et dit avec une telle insistance que j'ai subi une minute l'affolement de cette calomnie ; et alors j'ai éprouvé le besoin maladif de te voir, de t'entendre m'affirmer seulement que ce n'est pas vrai. Cela suffira pour que je n'y pense plus jamais… Réponds, mon amour, que tu me pardonnes d'avoir pu douter de toi, que tu m'aimes, que tu m'as aimé, que tout cela n'est qu'un odieux mensonge !… » Il s'était jeté à ses genoux en disant ces paroles ; il lui prenait les mains, les bras, la taille ; il se suspendait à elle, comme, au moment de se noyer, il se serait accroché au corps de celui qui se fût jeté à l'eau pour le sauver.

– « Que je vous aime, cela est vrai, » lui répondit-elle d'une voix à peine distincte,

– « Et tout le reste est un mensonge ?… » supplia-t-il éperdu.

Ah ! pour un mot sorti de cette bouche, il eût donné sa vie, à cette seconde. Mais la bouche restait muette, et, sur les joues si pâles de cette femme, des larmes se mirent à couler, lentes et longues, sans un sanglot, sans un soupir, comme si c'eût été son âme qui pleurait ainsi. Un tel silence, de telles larmes, dans un tel instant, n'était-ce pas la plus claire, la plus cruelle de toutes les réponses ?

– « C'est donc vrai ?… » interrogea-t-il encore. Et comme elle continuait à se taire : « Mais réponds, réponds ! » reprit-il avec une violence effrayante, qui arracha à cette bouche, dans les coins de laquelle continuaient à couler ces larmes lentes, un « oui » si faible qu'il l'entendit à peine, et cependant il devait l'entendre toujours ! – Il se releva d'un bond et tourna les yeux autour de lui avec égarement. Il y avait des armes appendues aux murs. Une tentation de lacérer cette femme avec un des poignards dont l'acier brillait s'empara de ce fils de soldat, si forte qu'il recula. Il regarda de nouveau ce visage sur lequel les mêmes larmes coulaient, intarissables. Il jeta ce « ah ! » d'agonie, sorte de cri de bête blessée à mort, qu'arrache un spectacle d'horreur, et, comme s'il eût eu peur de tout, de ce spectacle, de ces murs, de cette femme, de lui-même, il s'enfuit de la chambre et de l'appartement, la tête nue, l'âme affolée. Il avait eu assez de force pour sentir qu'après cinq minutes il serait devenu un meurtrier.

Il s'enfuit, où ? comment ? par quels chemins ? Jamais il ne sut avec netteté ce qu'il avait fait durant cette journée. Il se rappela, le lendemain, et parce qu'il en eut la preuve palpable auprès de lui, qu'à un moment il s'était vu dans la glace d'une devanture, la face hagarde, les cheveux au vent, et que, par une bizarre survivance du sentiment de la tenue, il était entré dans une boutique pour y acheter un chapeau. Puis il avait marché droit devant lui, traversant d'interminables quartiers de Paris. Les maisons succédaient aux maisons, indéfiniment. À une minute, il fut dans la campagne de la banlieue. L'orage éclata, et il put s'abriter sous un pont de chemin de fer. Combien de temps resta-t-il ainsi ? La pluie tombait par torrents. Il était appuyé contre une des parois du pont. D'intervalle en intervalle, des trains passaient, ébranlant toutes les pierres. La pluie cessa. Il se remit en marche, s'éclaboussant aux flaques d'eau, n'ayant rien mangé depuis le matin et n'y prenant pas garde. Le mouvement automatique de son corps lui était nécessaire pour ne pas sombrer dans la folie, et, instinctivement, il allait. La monstrueuse chose qu'il avait aperçue à travers le saisissement d'une foudroyante épouvante était là, devant ses yeux ; il la voyait, il la savait réelle, et il ne la comprenait pas. Il était comme un homme assommé. Il éprouvait une sensation si insupportable qu'elle n'était même plus de la douleur, tant elle dépassait les forces de son être en les écrasant. Le soir tombait. Il se retrouva sur la route de sa maison, conduit par l'impulsion machinale qui ramène l'animal saignant du côté de sa tanière. Vers dix heures, il sonnait à la porte de l'hôtel de la rue Vaneau.

– « Il n'est rien arrivé à monsieur Hubert ? » fit le concierge ; « ces dames étaient si inquiètes… »

– « Fais-leur dire que je suis rentré, « dit le jeune homme, « mais que je suis souffrant et que je désire être seul, absolument seul, tu entends, Firmin. » Le ton avec lequel cette phrase était dite coupa toute question sur la bouche du vieux domestique. Comme hébété par l'éclair de fureur qu'il venait de surprendre dans les yeux de son jeune maître et par le désordre de sa toilette, il suivit Hubert. Il le vit traverser le vestibule, entrer dans le pavillon, et il monta lui-même jusqu'au salon pour transmettre à sa maîtresse l'étrange commission dont il était chargé. La mère avait attendu le fils pour le déjeuner. Hubert n'était pas rentré. Quoique cela ne lui fût jamais arrivé de manquer sans prévenir, elle s'était efforcée de ne pas trop s'inquiéter. L'après-midi s'était passé sans nouvelles, puis l'heure du dîner avait sonné. Pas de nouvelles encore.

– « Maman, » avait dit Mme Liauran à madame Castel, « il est arrivé un malheur. Qui sait où le désespoir l'aura entraîné ? »

– « Il aura été retenu par des amis, » avait répondu la vieille dame, dissimulant sa propre inquiétude pour dominer celle de sa fille. Lorsque la porte s'était ouverte à dix heures, avec sa finesse d'ouïe et du fond du salon, Mme Liauran avait entendu le bruit, et elle avait dit à sa mère et au comte Scilly, prévenu depuis le dîner : « C'est Hubert. » Quand Firmin eut rapporté la phrase du jeune homme : « Il faut que je lui parle ! » s'était écriée la malade. Et elle s'était redressée sur son séant, comme ne se souvenant pas qu'elle ne pouvait plus marcher.

– « Le comte va se rendre auprès de lui, » fit Mme Castel, « et nous le ramener. »

Au bout de dix minutes, Scilly revint, mais seul. Il avait frappé à la porte, puis essayé de l'ouvrir. Elle était fermée à double tour. Il avait appelé Hubert plusieurs fois ; ce dernier l'avait enfin supplié de le laisser.

– « Et pas un mot pour nous ? » demanda Mme Liauran.

– « Pas un mot, » répondit le général.

– « Qu'avons-nous fait ? » reprit la mère. « À quoi cela m'aura-t-il servi de le détacher de cette femme, si j'ai perdu son cœur ! »

– « Demain, » répliqua Scilly, « vous le verrez revenir à vous plus tendre que jamais. Au premier moment, cela vous terrasse. Il a cherché des preuves de ce que nous lui avions dit, et il en a trouvé : voilà l'explication de son absence et de sa conduite. »

– « Et il n'est pas venu souffrir auprès de moi ! » fit la mère. « Mon Dieu ! est-ce qu'en croyant l'aimer pour lui, je ne l'aurais aimé que pour moi ? Voulez-vous sonner, général, qu'on me porte dans ma chambre ? » Et lorsqu'on eut roulé dans l'autre pièce le fauteuil qu'elle ne quittait plus maintenant, et qu'elle fut couchée dans son lit : « Maman, » dit-elle à Mme Castel, « écarte le rideau, que je regarde ses fenêtres. » Puis, comme Hubert n'avait pas fermé ses volets et qu'on voyait passer et repasser son ombre : « Ah ! maman, » dit-elle encore, « pourquoi les enfants grandissent-ils ? Autrefois, il n'aurait pas eu une peine sans venir la pleurer sur mon épaule, comme je fais sur la vôtre, et maintenant… »

– « Maintenant, il n'est pas plus raisonnable que sa mère, » dit la vieille dame, qui n'avait presque point parlé de la soirée, et qui, mettant un baiser sur les cheveux de sa fille, la fit se taire en prononçant cette phrase où se révélait son propre martyre : « J'ai mal à vos deux cœurs. »

X

UNE DALILA TENDRE

Quand, au matin, Mme Liauran fit prendre des nouvelles de son fils, ce dernier répondit qu'il descendrait pour déjeuner. À midi, en effet, il parut. Sa mère et lui n'échangèrent qu'un regard, et aussitôt elle comprit l'étendue de la souffrance qu'il avait ressentie, rien qu'à la sorte de frisson dont il fut saisi en la revoyant. Elle était associée comme occasion, sinon comme cause, à cette souffrance, et il ne devait plus l'oublier. Ses yeux avaient un je ne sais quoi de si particulièrement distant, sa bouche un pli de lèvres si fermé, tout son visage exprimait si bien la volonté de n'admettre aucune explication d'aucune sorte, que ni Mme Liauran ni Mme Castel n'osèrent l'interroger. Ces trois êtres avaient eu, depuis une année, bien des repas silencieux dans la salle à manger revêtue d'anciennes boiseries, vaste salle qui faisait paraître petite la table ronde placée au milieu. Mais tous les trois n'avaient jamais ressenti, comme ce jour-là, l'impression qu'il y aurait entre eux dorénavant, même s'ils se parlaient, un silence impossible à briser, quelque chose qui ne se formulerait pas et qui mettrait, pour bien longtemps, un arrière-fonds de mutisme sous leurs plus cordiales expansions. Quand, après le déjeuner, Hubert, qui n'avait fait que toucher aux plats, prit le bouton de la porte pour sortir du petit salon où il s'était à peine tenu cinq minutes, sa mère éprouva un désir timide et presque repentant de lui demander pardon pour la peine qu'elle lisait sur son visage taciturne.

– « Hubert ? » dit-elle.

– « Maman ? » répondit-il en se retournant.

– « Tu vas tout à fait bien aujourd'hui ? » interrogea-t-elle.

– « Tout à fait bien, » répondit-il d'une voix blanche, – une de ces voix qui suppriment du coup toute possibilité de conversation ; et il ajouta : « Je serai exact à l'heure du dîner, ce soir. »

Une préoccupation singulière s'était emparée du jeune homme. Après une nuit d'une torture si continûment aiguë qu'il ne se souvenait pas d'avoir jamais rien subi de pareil, il était redevenu maître de lui. Il avait traversé la première crise de son chagrin, celle après quoi l'on ne meurt plus de désespoir, parce que l'on a réellement touché le fond du fond de la douleur. Puis il avait repris ce calme momentané qui succède aux prodigieuses déperditions de force nerveuse, et il avait pu penser. C'est alors qu'une inquiétude l'avait saisi à l'endroit de Mme de Sauve, – inquiétude dépourvue de tendresse, car à cette minute, après l'assaut de chagrin qu'il venait de soutenir, il avait l'âme tarie, sa léthargie intérieure était absolue, il ne lui restait plus de quoi sentir. Mais il s'était souvenu tout d'un coup d'avoir laissé Thérèse dans le petit rez-de-chaussée de l'avenue Friedland, et son imagination n'osait pas se former de conjectures sur ce qui s'était passé après son départ. C'est précisément à la fin du déjeuner que cette idée l'avait assailli ; elle lui avait aussitôt donné, par-dessus sa douleur fondamentale, la seule émotion dont il fût capable, un frisson de terreur physique. Il alla directement de la rue Vaneau à l'avenue, et quand il se trouva devant la maison, il n'osa pas entrer, bien qu'il eût la clef dans sa main. Il appela le concierge, vilain personnage auquel il ne parlait jamais sans répulsion, tant il haïssait sa face effrontée et glabre, son œil servile à la fois et insolent et son ton de complice grassement payé.

– « Je fais toutes mes excuses à Monsieur, » dit cet homme avant même qu'Hubert l'eût interrogé. « Je ne savais pas que Madame fût encore là. J'avais vu sortir Monsieur ; je suis entré, dans l'après-midi, pour donner un coup d'œil au ménage, comme je fais tous les jours. J'ai trouvé Madame assise sur le canapé. Elle semblait bien souffrante. Est-ce qu'elle va mieux aujourd'hui, monsieur ? » ajouta-t-il.

– « Elle va très bien... » répondit Hubert ; et comme il éprouvait subitement une invincible répugnance à entrer dans l'appartement, et que d'autre part il voulait à tout prix ne pas mettre cet homme, pour lui si antipathique, à même de rien soupçonner du drame de sa vie, il reprit : « Je suis venu régler votre note. Je pars pour un voyage... »

– « Mais Monsieur m'a déjà payé au commencement du mois, » dit l'autre.

– « Je serai peut-être absent longtemps, » fit Hubert, qui tira un billet de banque de son portefeuille. « Vous mettrez cela en compte. »

– « Monsieur n'entre pas ? » reprit le concierge.

– « Non, » fit Hubert, qui s'éloigna en se disant : « Je suis un innocent. Est-ce que ces femmes-là se tuent ? »

Ces femmes-là ! – Cette formule, qui lui était venue naturellement à l'esprit, à lui l'enfant jusque-là si naïf, si doux, si délicat, traduisait bien la sensation qui le dominait à cette heure, et qui dura plusieurs jours. C'était un immense dégoût, une nausée intime ; mais si entière, si profonde, qu'elle ne laissait la place à rien d'autre dans son cœur. Il n'aurait même pas su dire s'il souffrait, tant le mépris absorbait les forces vives de son être. Il apercevait cette femme, qu'il avait si religieusement idolâtrée et avec une ferveur si noble, comme plongée, comme vautrée dans un tel abîme de déchéance qu'il se faisait à lui-même l'impression de s'être, en l'aimant, roulé dans la boue. C'était la vision physique dont il était la victime maintenant, d'un bout à l'autre du jour, à ce point qu'il ne pouvait l'interpréter, ni former quelque hypothèse sur le caractère de Thérèse. Cette vision s'infligeait à lui avec une précision matérielle qui touchait à l'hallucination. Oui, il voyait l'acte, et l'acte seul, sans avoir la force de secouer cette hideuse, cette obsédante hantise. Cela le paralysait d'horreur, et il ne pouvait penser qu'à cela. Une sorte de mirage ininterrompu lui montrait la prostitution de sa maîtresse, l'exécrable souillure, et, comme un homme atteint de la jaunisse regarde tous les objets à travers la bile qui lui injecte les yeux, c'est à travers ce dégoût que toute la vie lui apparaissait. Son âme était comme saturée d'amertume et cependant affreusement sèche. Il n'était pas une impression qui ne se transformât pour lui dans ce sentiment du sale et du triste. Il se levait, passait la matinée parmi ses livres, les ouvrait, ne les lisait pas. Il déjeunait, et la vue de sa mère, au lieu de l'attendrir, le crispait. Il rentrait dans sa chambre et reprenait son oisiveté morne de la matinée. Il dînait, puis, aussitôt après le dîner, quittait le salon, pour ne rencontrer ni le général ni son cousin, de qui la présence lui était insupportable. La nuit, s'il s'éveillait, il continuait de voir la scène maudite, avec la même impossibilité de parvenir à la douleur détendue S'il s'endormait, il lui fallait, une fois sur deux, supporter le cauchemar de cette même vision. Comme il n'avait aucune idée sur la physionomie de l'homme avec lequel sa maîtresse l'avait trompé, ce qui surgissait devant son sommeil morbide, c'était d'horribles songes où toutes sortes de visages différents étaient mêlés. Le mal que lui faisait cette imagination le réveillait. La sueur inondait son corps ; il éprouvait un déchirement au sein, comme si son cœur, qui battait trop vite, allait se décrocher ; et, à travers cette souffrance, c'était la même prostration de ses puissances affectueuses, si complète qu'il ne s'inquiétait même plus de savoir ce que Thérèse était devenue.

– « Après tout, » se disait-il un matin en se levant, « je vivais bien avant de la connaître ! Je n'ai qu'à me remettre en pensée dans l'état où je me trouvais avant ce 12 octobre… » –Il se rappelait exactement la date. – « Il n'y a pas beaucoup plus d'un an. J'étais si paisible alors ! J'aurai fait un mauvais rêve, voilà tout. Mais il faut détruire tout ce qui pourrait me rappeler ce souvenir. »

Il s'assit devant son bureau, après avoir mis de nouveau du bois dans le feu afin d'activer la flambée et fermé la porte à double tour. Il se rappela involontairement qu'il agissait ainsi autrefois, lorsqu'il voulait revoir le cher trésor de ses reliques d'amour. Il ouvrit le tiroir où ce trésor était caché : il consistait en un coffret de maroquin noir sur lequel étaient entrelacées deux initiales, un T et un H. Thérèse et lui avaient échangé deux de ces coffrets pour y conserver leurs lettres. Sur celui qu'il avait donné à son amie, il avait fait, à défaut des deux initiales, autographier le nom de Thérèse en entier. « Ai-je été enfant ! » songea-t-il à l'idée des mille petites délicatesses de cet ordre auxquelles il s'était livré. Il y a toujours de la puérilité, en effet, dans ces extrêmes délicatesses ; mais c'est du jour où l'on est sur le chemin de la dureté du cœur que l'on pense ainsi. À côté de ce coffret gisaient deux objets qu'Hubert avait jetés là, le soir même du jour où il avait appris la trahison de sa maîtresse : l'un était sa bague, l'autre une fine chaîne d'or à laquelle était suspendue une clef toute mince. Il prit dans sa main le petit anneau et regarda malgré lui la surface intérieure. Thérèse y avait fait graver une étoile et la date de leur séjour à Folkestone. Ce simple signe évoqua soudain devant Hubert une perspective indéfinie de réminiscences : il revit la porte de l'hôtel, l'escalier et son tapis rouge, le salon où ils avaient dîné, le garçon qui les servait, avec son visage d'une respectabilité britannique, sa lèvre rasée, son menton trop long. Il l'entendit qui disait : « I beg your pardon ; » et à travers ces détails si insignifiants en eux-mêmes, pour lui uniques, le sourire de Thérèse lui apparut. Quelle langueur flottait dans ses yeux alors, ces yeux dont la nuance d'un gris vert était toute fondue, toute noyée d'un complet abandonnement de l'être intime ; ces yeux où dormait un sommeil qui semblait l'inviter à en être le rêve ! Hubert passa la bague à son doigt machinalement, puis il la lança presque avec colère dans le tiroir, contre le bois duquel le métal rebondit. Pour ouvrir le coffret, il dut manier la chaîne. C'était un jaseron ancien qui lui venait de Thérèse. Il lui avait donné, lui, le bracelet auquel était attachée la clef de l'appartement, et elle lui avait, elle, donné cette chaînette pour qu'il pût porter à son cou la clef du coffret. Il avait gardé ce scapulaire d'amour des mois et des mois, et bien souvent cherché avec la main le petit bijou sous sa chemise, pour se faire un peu de mal en se l'enfonçant contre la poitrine. Il se rappelait ainsi le tendre mystère de son cher bonheur. Que toute cette ivresse était loin aujourd'hui ; ah ! combien loin, combien perdue dans l'abîme du passé, d'où s'échappe une si affreuse odeur de mort ! Quand il eut soulevé le couvercle du coffret, il s'accouda, et, le front dans sa main, il contempla ce qui restait de son bonheur, ces quelques riens si parfaitement indifférents pour tout autre, pour lui si pénétrés d'âme : un mouchoir brodé, un gant, une voilette, un paquet de lettres, un paquet de petites dépêches bleues, mises les unes dans les autres et formant comme un menu livre de tendresse. Et les enveloppes des lettres avaient été ouvertes avec tant de soin, le papier des dépêches déchiré si exactement ! Les moindres détails remémoraient à Hubert les scrupules de piété amoureuse qu'il avait ressentis pour tout ce qui venait de sa maîtresse. Il y avait encore, par-dessous les lettres et les dépêches, un portrait d'elle, où elle était représentée dans le costume qu'elle portait à Folkestone : une simple jaquette ajustée en drap et un chapeau avancé dont l'ombre tombait un peu sur le haut du visage. Elle avait fait faire cette photographie pour le seul Hubert, et, en la lui donnant, elle lui avait dit : « Je pensais tant à nous, pendant que je posais… Si tu savais comme ce portrait t'aime !… » Et Hubert se sentait réellement aimé par ce portrait. Il lui semblait que de cet ovale du visage, que de cette bouche fine, que de ces yeux baignés de songe, un effluve tendre se détachait, l'enveloppait ; et c'est alors qu'à côté de la vision de la perfidie commença de nouveau à se dresser la vision de l'amour de Thérèse. Aussi évidemment qu'il savait, par son aveu, que cette femme l'avait trompé, il savait, par ses souvenirs, qu'elle l'avait aimé, qu'elle l'aimait encore. Il la revit telle qu'il l'avait laissée sur le canapé de leur cher asile, avec sa face convulsée et ses larmes, surtout, Dieu ! quelles larmes ! Pour la première fois depuis cette heure fatale, il se rendit compte de la noblesse avec laquelle elle s'était confessée de sa faute, quand il lui était si aisé de mentir, et il laissa soudain échapper ce cri qui ne lui était pas encore venu à travers ses journées de douleur desséchée et déchirante : « Mais pourquoi ? pourquoi ? »

Oui, pourquoi ? pourquoi ? – Cette angoisse d'ordre tout moral accompagna dès cette minute l'angoisse de la vision physique. Hubert commença de penser, non plus seulement à son mal, mais à la cause de son mal.

Brûler ces lettres, lacérer ce portrait, briser, jeter la chaîne, la bague, détruire ce résidu suprême de son amour, cela lui aurait été aussi impossible que de déchirer avec le fer le corps frémissant de sa maîtresse. C'étaient, ces objets, des personnes vivantes, avec des regards, des caresses, des palpitations, une voix. Il referma le tiroir, incapable de supporter plus longtemps la présence de ces choses qui lui semblaient faites avec la substance même de son cœur. Il se jeta sur la chaise longue, et il se perdit dans le gouffre de ses réflexions. Oui, Thérèse l'avait aimé, Thérèse l'aimait ! Il y a des larmes, des étreintes, une chaleur d'âme, qui ne mentent pas. Elle l'aimait, et elle l'avait trahi ! Elle s'était donnée à un autre, avec son nom à lui dans le cœur, moins de six semaines après l'avoir quitté ! Mais pourquoi ? pourquoi ? Poussée par quelle force ? Entraînée par quel vertige ? Envahie par quelle ivresse ? Qu'était-ce donc que la nature, non plus de « ces femmes-là », –il n'avait plus de férocités de pensée maintenant, – mais de la femme, pour qu'une aussi monstrueuse action fût seulement possible ? de quelle chair était-elle donc pétrie, cette créature décevante, pour qu'avec toutes les apparences, avec toutes les réalités du sentiment, on ne pût pas faire plus de fonds sur elle que sur de l'eau ? Qu'elles étaient douces, ces mains de la femme, et qu'elles semblaient loyales ; et cependant leur confier son cœur, dans la sécurité de l'affection partagée, c'était la plus folle des folies ! Elle vous sourit, elle vous pleure, et déjà elle a remarqué celui qui passe, celui auquel, s'il l'amuse une heure, elle sacrifiera toute votre tendresse, une flamme aux yeux, la grâce aux lèvres ! Pourquoi ? Pourquoi ? Qu'y a-t-il pourtant de vrai au monde, si même l'amour n'est pas vrai ? Et quel amour ? Hubert scrutait son passé intime maintenant ; il faisait comme un examen de conscience de son attachement pour Thérèse, et il se rendait cette justice qu'il n'avait pas eu depuis des mois une pensée qui ne fût pour elle. Certes, il avait commis des fautes, mais pour elle toujours, et, à cette heure pourtant si triste, il ne pouvait pas se repentir de ces fautes-là. Il aurait éprouvé un soulagement de toute sa peine à s'agenouiller devant le prêtre qui l'avait élevé et à lui dire : « Mon père, j'ai péché. » Mais non ; il était au-dessus de ses forces de regretter les actions auxquelles Thérèse, sa Thérèse, était mêlée. Oui, il l'avait idolâtrée avec une ferveur sans défaillance, et c'était son premier amour, et ce serait le dernier, du moins il le croyait ainsi, et il lui avait montré cette confiance dans la durée de leur sentiment avec une ingénuité sans calcul. Rien de tout cela n'avait eu sur elle assez d'influence pour l'arrêter au moment de commettre son infamie, –avec le même corps ! Il en respirait l'arôme subitement, il en retrouvait l'impression sur tout son être ; puis c'était une résurrection de la jalousie, douloureuse jusqu'à la torture, et toujours il reprenait le « pourquoi ? pourquoi ? », désespéré, lui, chétif, après tant d'autres, de se heurter à cette énigme funeste qu'est l'âme de la femme, coupable une fois, coupable deux fois, coupable jusqu'aux cheveux blancs, jusqu'à la mort. Cette nouvelle forme de chagrin dura des jours encore et des jours. Le jeune homme donnait plein accès en lui à un sentiment nouveau qu'il n'avait jamais soupçonné jusque-là, qu'il devait toujours subir désormais, – la défiance. Il avait vécu depuis ses premières années dans une foi complète aux apparences qui l'entouraient. Il avait cru en sa mère. Il avait cru en ses amis. Il avait cru à la sincérité de toutes les paroles et de toutes les caresses. Il avait cru, par-dessus tout, en Thérèse de Sauve. Il l'avait, dans sa pensée, assimilée au reste de sa vie. Autour de lui tout était vérité ; aussi l'amour de Thérèse lui était-il apparu comme une vérité suprême. Et voici que maintenant, par une révolution d'esprit où se trahissait le vice originel de son éducation, il assimilait à cette femme de mensonge tout le reste de sa vie. Il avait été façonné par sa mère à ne faire aucune part au scepticisme. C'est probablement le plus sur procédé pour que la première déception transforme le trop croyant en un négateur absolu. Il n'est jamais bon d'attendre beaucoup des hommes et de la nature. Car ils sont, eux, des animaux féroces à peine masqués de convenances ; et quant à elle, son apparente harmonie est faite d'une injustice qui ne connaît pas de rémission. Pour garder de l'idéal en soi, jusqu'à ce que la mort nous délivre enfin dû dangereux esclavage des autres et de nous-mêmes, il faut s'être habitué de bonne heure à considérer l'univers de la beauté morale comme le fumeur d'opium considère les songes de son ivresse. Ce qui constitue leur charme, c'est d'être des songes, partant de ne correspondre à rien de réel – du moins ici-bas. Hubert était si accoutumé, au contraire, à remuer son intelligence tout d'une pièce, qu'il ne pouvait ni douter ni croire à moitié. Si Thérèse lui avait menti, pourquoi tout ne mentirait-il point aussi ? Cette idée ne se formulait pas sous une forme abstraite, et il n'y arrivait pas avec l'aide du raisonnement : c'était une façon de sentir qui se substituait à une autre. Il se surprenait, durant cette cruelle période, à douter de Thérèse dans leur passé commun. Il se demandait si sa trahison de Trouville était la première, si elle n'avait pas eu d'autre amant que lui au temps de leur passion la plus enivrée. La perfidie de cette femme lui corrompait jusqu'à ses souvenirs. Elle faisait pire : sous cette influence de misanthropie, il commettait le plus grand des crimes moraux, il doutait de la tendresse de sa mère. Dans cette affection passionnée de Mme Liauran, le malheureux ne voyait plus qu'un égoïsme jaloux. « Si elle m'aimait vraiment, elle ne m'aurait pas appris, » se disait-il, « ce qu'elle m'a appris. » Il se trouvait ainsi dans cet état de cœur auquel le langage populaire a donné le nom si expressif de désenchantement. Il avait fini de voir la beauté de l'âme humaine, et il commençait d'en constater la misère, et toujours il retombait sur cette question comme sur une pointe d'épée : « Mais pourquoi ? pourquoi ? » Et il creusait le caractère de Thérèse sans aboutir à une réponse. Autant valait demander pourquoi Thérèse avait des sens en même temps qu'un cœur, et pourquoi le divorce s'établissait à de certaines heures entre les besoins de ce cœur et la tyrannie de ces sens, comme chez les hommes. Les débauchés en qui le libertinage n'a pas tué le sentimentalisme connaissent le secret de ces divorces ; mais Hubert n'était pas un débauché. Il devait rester pur, même dans son désespoir, et jamais il ne lui vint à la pensée de demander l'oubli de son mal aux enivrements des baisers sans amour. Il ignora toujours les tentations des alcôves vénales et consolatrices, – où l'on perd en effet ses regrets, mais en perdant son rêve. Et cependant, comme il était jeune, comme dans son intimité avec Thérèse il avait contracté l'habitude du plus ardent plaisir, celui qui exalte à la fois l'esprit et le corps dans une communion divine, après quelques semaines de ces douleurs et de ces réflexions, il commença de ressentir l'obscur désir, l'appétit inavoué de cette femme, dont il ne voulait plus rien savoir, qu'il devait considérer comme morte et qu'il méprisait si absolument. Cet étrange et inconscient retour vers les délices de son amour, mais un retour qu'aucun idéal n'ennoblissait plus, se manifesta par une de ces curiosités qui sortent des profondeurs insondables de notre être. Il éprouva un besoin maladif de voir de ses yeux cet homme qui avait été l'amant de Thérèse, ce La Croix-Firmin auquel sa maîtresse s'était donnée, dans les bras duquel elle avait frémi de volupté, comme dans ses bras, à lui. Pour un directeur de conscience qui aurait suivi, période à période, le ravage qu'accomplissait dans cette âme le ferment de corruption inoculé par la trahison de Thérèse, cette curiosité eût sans doute paru le symptôme le plus décisif d'une métamorphose chez cet enfant grandi parmi toutes les pudeurs. N'était-ce point le passage de l'horreur absolue devant le mal, tourment et gloire des êtres vierges, à cette sorte d'attrait encore épouvanté, si voisin de la dépravation ? Mais, surtout, c'était l'affreuse complaisance de l'imagination autour de l'impureté d'une femme désirée, qui veut que, par une des plus tristes lois de notre nature, la constatation de l'infidélité, en avilissant l'amant, en déshonorant la maîtresse, avive si souvent l'amour. Il est probable que, dans ce cas, l'idée de la perfidie agit à l'état de tableau infâme ; et ainsi s'expliquent ces accès de sensualité dans la haine qui étonnent le moraliste au cours de certains procès fondés sur les drames de la jalousie. Certes, le pauvre Hubert n'en était pas à donner place en lui à des instincts de cette bassesse ; et cependant sa curiosité de connaître son rival de Trouville était déjà bien malsaine. Il en était d'elle comme de la faute de Thérèse. C'est la ténébreuse, l'indestructible mémoire de la chair, qui agit à l'insu de l'être qu'elle domine. Il y avait un peu du souvenir de toutes les caresses données et reçues depuis la nuit de Folkestone, dans ce désir de constater l'existence réelle de l'homme haï et d'en repaître ses regards. Cela devint quelque chose de si âpre et de si cuisant, qu'après avoir lutté longtemps, et avec la sensation qu'il se diminuait étrangement, Hubert n'y put résister ; et voici quel procédé presque enfantin il employa pour réaliser son singulier désir : il calcula que La Croix-Firmin devait appartenir à un cercle à la mode, et il eut tôt fait de découvrir son nom et son adresse dans l'annuaire d'un club élégant. C'est à ce club qu'il recourut pour savoir si le personnage était à Paris. La réponse fut affirmative. Hubert fit la reconnaissance de la rue de La Pérouse, au numéro 14 ter de laquelle habitait son rival, et il se convainquit aussitôt qu'en se tenant sur le trottoir d'une des places que coupe cette rue il pourrait surveiller la maison, un hôtel à deux étages qui ne contenait certainement qu'un très petit nombre de locataires. Il s'était dit qu'il se posterait là un matin : il attendrait jusqu'au moment où il verrait sortir un homme qui lui parût être celui qu'il cherchait ; il questionnerait alors le concierge, sous un prétexte quelconque, et il serait sans doute renseigné. C'était un moyen d'une simplicité primitive, dans lequel tous ceux dont la jeunesse a nourri un culte passionné pour quelque écrivain célèbre retrouveront la naïveté des ruses employées afin de voir leur grand homme. Si ce plan échouait, Hubert se réservait de s'adresser à une des personnes qu'il connaissait parmi les membres du cercle ; mais sa répugnance était grande à une telle démarche… Il était donc là, par un matin froid de décembre, dès neuf heures. Le temps était sec et clair, le ciel d'un bleu pâle, et ce quartier à demi élégant, à demi exotique, traversé par son peuple de fournisseurs et de palefreniers. De la maison qu'il examinait, Hubert vit sortir successivement des domestiques, une vieille dame, un petit garçon suivi d'un abbé, puis enfin, sur les onze heures et demie, un homme encore jeune, de taille moyenne, élégant de tournure, mince et robuste dans son pardessus doublé de loutre. Cet homme achevait de boutonner son collet en se dirigeant droit du côté d'Hubert. Ce dernier s'avança aussi et frôla l'inconnu. Il vit un profil un peu lourd, des moustaches de la couleur de l'or bruni et, dans un teint que le saisissement du froid colorait déjà, un œil légèrement bridé, l'œil d'un viveur qui s'est couché trop tard, après une nuit passée au jeu ou ailleurs. Un serrement de cœur inexprimable précipita l'amant jaloux vers l'hôtel.

– « M. de La Croix-Firmin ? » demanda-t-il.

– « M. le comte n'est pas à la maison, » répondit le concierge.

– « Il m'avait cependant donné rendez-vous à onze heures et demie, et je suis exact, » fit Hubert en tirant sa montre. « Y a-t-il longtemps qu'il est sorti ? »

– « Mais Monsieur aurait dû rencontrer M. le comte. M. le comte était là voici cinq minutes ; il n'a pas détourné la rue. »

Hubert savait ce qu'il voulait savoir. Il se précipita du côté où il avait croisé La Croix-Firmin, et, après quelques pas, il l'aperçut de nouveau qui se préparait à prendre le trottoir de l'avenue du côté de l'Arc-de-Triomphe. C'était donc lui. Hubert le suivait d'un peu loin, lentement, et le regardait avec une sorte d'angoisse dévorante. Il le voyait marcher d'une jolie manière, avec une souplesse tout ensemble robuste et fine. Il se rappelait ce qui s'était passé à Trouville, et chacun des mouvements de La Croix-Firmin ravivait la vision physique. Hubert se comparait mentalement, frêle et mince comme il était, à ce solide et fier garçon, qui, plus haut que lui de la moitié de la tête, s'en allait ainsi, tenant sa canne à la façon anglaise, par le milieu et à quelque distance de son corps, sous le joli ciel de ce matin d'hiver, d'un pas qui disait la certitude de la force. La comparaison expliquait trop bien les causes déterminantes de la faute de Thérèse, et pour la première fois le jeune homme les aperçut, ces causes meurtrières, dans leur brutalité vraie. « Ah ! le pourquoi ? le pourquoi ? Mais le voilà ! » songeait-il en considérant avec une envie douloureuse cet être si animalement énergique. Cette première émotion fut trop amère, et le misérable enfant allait renoncer à sa poursuite, lorsqu'il vit La Croix-Firmin monter dans un fiacre. Il en héla un lui-même.

– « Suivez cette voiture, » fit-il au cocher.

L'idée que son ennemi allait chez Thérèse venait de rendre à Hubert sa frénésie. Il se penchait de temps à autre à la portière de son coupé de rencontre, et il y voyait rouler celui qui emportait son rival. C'était un fiacre de couleur jaune, qui descendit les Champs-Elysées, suivit la rue Royale, s'engagea dans la rue Saint-Honoré, puis s'arrêta devant le café Voisin. La Croix-Firmin allait tout simplement déjeuner. Hubert ne put s'empêcher de sourire du piteux résultat de sa curiosité. Machinalement, il entra, lui aussi, dans le restaurant. Le jeune comte était assis déjà devant une table, avec deux amis qui l'avaient attendu. À une autre extrémité de la salle, une seule table était libre, à laquelle Hubert prit place. Il pouvait de là, non pas entendre la conversation des trois convives, – le bruit du restaurant était trop fort, – mais étudier la physionomie de l'homme qu'il détestait. Il commanda au hasard son propre repas et s'abîma dans une sorte d'analyse que connaissent bien les observateurs de goût et de profession, ceux qui entrent dans un théâtre, un estaminet, un wagon, avec le seul désir de voir fonctionner des physiologies humaines, de suivre dans des gestes et des regards, dans des bruits de souffle et dans des attitudes, les instinctives manifestations des tempéraments. Par instant, un éclat de voix apportait à Hubert quelque lambeau de phrase. Il n'y prenait pas garde, abîmé dans la contemplation de l'homme lui-même, qu'il voyait presque en face, avec ses yeux hardis, son cou un peu court, ses fortes mâchoires. La Croix-Firmin était entré le teint battu et couperosé ; mais, dès la première moitié du déjeuner, le travail de la digestion commença de lui pousser à la face un afflux de sang. Il mangeait posément et beaucoup, avec une lenteur puissante. Il riait haut. Ses mains, qui tenaient la fourchette et le couteau, étaient fortes et montraient chacune deux bagues. Sur son front, que des boucles courtes découvraient dans son étroitesse, jamais une flamme de pensée n'avait brillé. Cela faisait un ensemble qui, même au regard hostile d'Hubert, ne manquait pas d'une beauté mâle et saine ; mais c'était la beauté brutale d'un être de chair et de sang, sur le compte duquel il était impossible qu'une personne délicate se fît illusion une heure. Dire d'une femme qu'elle s'était donnée à cet homme, c'était dire qu'elle avait cédé à un instinct d'un ordre tout physique. Plus Hubert s'identifiait à ce tempérament par l'observation, plus cela lui devenait évident. Il interprétait la nature de Thérèse à cette minute mieux qu'il ne l'avait jamais fait. Il en saisissait l'ambiguïté avec une certitude affreuse ; et c'est alors que s'éleva dans son cœur le plus triste, mais aussi le plus noble des sentiments qu'il eût éprouvés depuis son aventure, le seul qui fût vraiment digne de ce qu'avait été autrefois son âme, celui par lequel l'homme trouve encore, devant les perfidies de la femme, de quoi ne pas se perdre tout à fait le cœur : – la pitié. Un attendrissement, d'une amertume à la fois et d'une mélancolie infinies, l'envahit à l'idée que la créature charmante qu'il avait connue, sa chère silencieuse, comme il l'appelait, celle qui s'était montrée si délicatement fine dans l'art de lui plaire, se fût livrée aux caresses de cet homme. Il se rappela tout d'un coup les larmes de la nuit de Folkestone, les larmes aussi de la dernière entrevue ; et comme s'il en eût enfin compris le sens, il ne trouva plus en lui-même qu'un seul mot, qu'il prononça tout bas dans cette salle de restaurant emplie de la fumée des cigares, puis tout haut sous les arbres défeuillés des Tuileries, puis dans la solitude de la chambre de la rue Vaneau, – un seul mot, mais rempli de la perception des fatalités avilissantes de la vie : « Quelle misère ! mon Dieu, quelle misère ! »

XI

DU CŒUR AUX SENS

Que faisait Thérèse tandis qu'il souffrait ainsi, et pourquoi ne lui donnait-elle aucun signe de son existence ? Quoique le jeune homme se fût interdit de penser à elle, il y pensait cependant, et cette question venait ajouter une inquiétude à ses autres angoisses. Des hypothèses contradictoires lui traversaient l'esprit tour à tour. Thérèse était-elle malade de remords ? Avait-elle cessé de l'aimer ? Avait-elle repris La Croix-Firmin comme amant ? Suivait-elle une nouvelle intrigue ? Tout semblait possible à Hubert, le pire comme le meilleur, de la part de cette femme qu'il avait pu connaître si étrangement capable de délicatesse et de libertinage, de perfidie et de noblesse. Il constatait alors, à la brûlure de cœur que lui donnaient certaines de ses hypothèses, par quelles fibres vivantes il tenait à cet être dont il se voulait détaché. Il était sur le point de faire quelque démarche pour apprendre du moins quelles étaient ses dispositions d'âme, à elle, en ce moment. Puis il se méprisait de cette faiblesse, et, pour se réconforter, il se répétait quelques vers qui correspondaient à son état d'esprit. Il les avait trouvés, étrange ironie de la destinée qu'il ne soupçonnait pas, dans l'unique recueil de poésies de Jacques Molan. Ce volume, réimprimé depuis que les romans de high life du poète l'avaient rendu célèbre, s'appelait d'un titre qui, à lui seul, révélait la jeunesse : les Premières Fiertés. Hubert avait dîné avec l'écrivain chez Mme de Sauve, sans se douter que la pauvre femme éprouvait un frisson d'horreur, ainsi contrainte par son mari de recevoir à sa table l'amant qu'elle idolâtrait et celui avec qui elle avait rompu. Molan avait causé avec esprit ce soir-là, et c'est à la suite de ce dîner que le jeune homme, par une curiosité très naturelle, avait pris chez un libraire le livre de vers. Le poème qui lui plaisait aujourd'hui était un sonnet, assez prétentieusement appelé Cruauté tendre :

Tais-toi, mon cœur ! Orgueil féroce, parle, toi ! Dis-moi qu'où j'ai passé je dois seul rester maître Et ne point pardonner qui m'osa méconnaître Jusqu'à dormir au lit d'un autre, étant à moi. Du moins je l'aurai vue, aussi muet qu'un roi, Se traîner à mes pieds et, du fond de son être. Pleurer, chercher mes yeux, où j'ai pu ne rien mettre ; Et je m'en suis allé sans avoir dit pourquoi.</poem
Elle ne savait pas qu'à l'heure où, comme folle,
Plaintive, elle implorait une seule parole,
Je souffrais autant qu'elle, et que je l'adorais.
L'homme outragé n'a rien de mieux que le silence,
Car se venger est un aveu des maux secrets,
Et je veux qu'on me croie au-dessus de l'offense.

– « Oui, » se disait Hubert, « il a raison : – le silence… » « Ces vers le remuaient, enfantinement, comme il arrive aux lecteurs ordinaires qui demandent à une œuvre de poésie seulement d'aviver ou d'apaiser la plaie intérieure. « Le silence… » reprenait-il. « Est-ce qu'on parle à une morte ? Hé bien ! Thérèse est une morte pour moi. »

En s'exprimant ainsi dans la solitaire chambre de travail où il passait maintenant presque toutes ses journées, Hubert n'avait plus de rancune contre sa maîtresse. Comme aucun fait récent ne venait susciter en lui des sentiments nouveaux, les anciens reparaissaient, ceux d'avant la trahison. Ces images de ses souvenirs abondaient en lui sans qu'il les chassât, et, petit à petit, sous cette influence, sa colère devenait quelque chose d'abstrait et de rationnel, si l'on peut dire, de convenu à ses yeux. En réalité, il n'avait jamais autant aimé cette femme que dans ces heures où il se croyait sûr de ne plus la revoir. Il l'aimait comme une morte, en effet ; mais qui ne sait que ce sont là les plus indestructibles, les plus frénétiques tendresses ? Quand l'irrévocable séparation n'a pas pour premier résultat de tuer l'amour, elle l'exalte, au contraire, d'une façon étrange. Impossible à étreindre, si présente et si lointaine, la vague forme du fantôme désiré flotte devant notre regard, avec sa beauté que la vie ne détruira plus, et notre âme s'en va vers lui, tristement, passionnément. La durée des jours s'abolit. La douceur du passé reflue tout entière en nous. Et alors commence un enchantement rétrospectif et singulier, qui est comme l'hallucination du cœur. Thérèse de Sauve eût été une femme ensevelie, cousue dans le linceul, couchée dans la froideur du caveau funèbre et pour toujours, qu'Hubert ne se serait pas abandonné davantage aux dangereux endolorissements de sa mémoire, à la folle ardeur de l'amour sans espérance, sans désir, tout fait de l'extase de ce qui fut une fois, – de ce qui ne saurait plus être jamais. Heure par heure, au moyen des billets qu'il avait gardés d'elle et qu'il relisait jusqu'à en savoir par cœur chaque mot, il reconstituait les délicieux mois de son ivresse finie. Thérèse avait l'habitude de ne jamais dater ses lettres et d'écrire simplement en tête le nom du jour : « ce jeudi... ce vendredi... ce samedi... » Hubert retrouvait le quantième du mois au timbre de la poste, grâce au soin pieux qu'il avait eu de conserver toutes les enveloppes, pour l'enfantine raison qu'il n'aurait pas détruit, sans douleur, une ligne de cette écriture. Il n'avait pu, après tant et tant de semaines, se blaser sur l'émotion que lui procurait la vue des lettres de son nom tracées de la main de Thérèse. – Oui, heure par heure, il revivait sa vie vécue déjà. Le charme des minutes écoulées se représentait, si complet, si ravissant, si navrant ! Cela s'en était allé comme tout s'en va, et le jeune homme en arrivait à ne plus se révolter contre l'énigme dont il était victime. À la notion chrétienne de responsabilité succédait en lui un obscur fatalisme. La fin de son bonheur s'expliquait maintenant à ses yeux par l'inévitable misère humaine. Il absolvait presque son fantôme d'une faute qui lui semblait tenir à des fatalités naturelles ; puis il se prenait à songer que ce fantôme était non pas celui d'une femme morte, aux yeux clos, à la poitrine immobile, à la bouche fermée, mais une créature vivante, de qui les paupières battaient, de qui le cœur palpitait, de qui la bouche s'ouvrait, fraîche et tiède ; et, malgré lui, tourmenté par il ne savait quel obscur désir, il se surprenait à murmurer : « Que fait-elle ? » Que faisait donc Thérèse, et comment n'avait-elle tenté aucun effort pour revoir celui qu'elle aimait ? Quelles idées, quelles sensations avait-elle traversées depuis la terrible scène qui l'avait séparée d'Hubert ? Pour elle aussi les journées avaient succédé aux journées ; mais tandis que le jeune homme, en proie à une métamorphose d'âme provoquée par la plus inattendue et la plus tragique déception, les laissait s'en aller, ces journées, rapides et brûlantes, passant d'une extrémité à l'autre de l'univers du sentiment, – elle, la coupable ; elle, la vaincue, s'absorbait en une pensée unique. En cela pareille à toutes les femmes qui aiment, elle aurait donné les gouttes de son sang, les unes après les autres, pour guérir la douleur qu'elle avait causée à son amant. Ce n'est pas que les détails visibles de son existence fussent modifiés. Sauf la première semaine, durant laquelle une continue et lancinante migraine l'avait, pour ainsi dire, terrassée, contrecoup peut-être salutaire de tant d'émotions ressenties, elle avait repris son métier de femme à la mode, son train accoutumé de courses et de visites, de grands dîners et de réceptions, de séances au théâtre ou dans les soirées. Mais ce mouvement extérieur n'a jamais plus empêché le rêve que ne fait le travail de l'aiguille à tapisserie. Chose étrange au premier abord : il s'était produit dans cette âme, après l'explication de l'avenue Friedland, une détente à demi apaisée, tout simplement parce que l'aveu volontaire avait, comme toujours, diminué le remords. C'est sur cette loi inexpliquée de notre conscience que la fine psychologie de l'Église catholique a fondé le principe de la confession. Si Thérèse ne se pardonnait pas tout à fait sa faute, du moins, en y songeant, n'avait-elle plus à subir la vision d'une bassesse absolue. L'idée d'une certaine hauteur morale s'y trouvait associée et l'ennoblissait elle-même à ses propres yeux. Ce sommeil de ses remords la rendait libre de s'abîmer dans le souvenir d'Hubert. Elle vivait maintenant dans une mortelle inquiétude à son endroit, dominée par le fixe désir de le revoir, non qu'elle espérât obtenir de lui son pardon ; mais elle savait qu'il était malheureux, et elle sentait un tel amour en son être pour cet enfant blessé par elle, qu'elle trouverait bien le moyen de panser, de fermer cette plaie. Comment ? Elle n'aurait su le dire ; mais il n'était pas possible qu'une telle tendresse, et si profondément repentante, fût inefficace. En tout cas, il fallait qu'elle montrât du moins à Hubert l'étendue de la passion qu'elle ressentait pour lui. Est-ce que cela ne le toucherait pas, ne le pénétrerait pas, ne l'arracherait pas au désespoir ? Maintenant qu'elle ne se trouvait plus sous l'accablement immédiat de son infidélité, elle ne la jugeait pas du point de vue essentiellement masculin, c'est-à-dire comme quelque chose d'absolu et d'irréparable. Chez la femme, créature beaucoup plus instinctive que nous autres hommes, beaucoup plus voisine de la nature, les puissances de renouveau sont beaucoup plus intactes. Une femme trompée pardonne, pourvu qu'elle se sente aimée, et une femme qui a trompé ne comprend guère qu'on ne lui pardonne pas. La faute commise, c'est une idée, une ombre, une chimère. L'amour éprouvé, c'est un fait, une réalité. Thérèse était donc sortie entièrement de la période de dépression morale dont son aveu avait marqué l'extrême limite. Certes, elle ne regrettait pas cet aveu, ainsi que tant d'autres femmes eussent fait dans des circonstances semblables ; mais elle désirait, elle espérait, elle voulait que cet aveu n'eût pas marqué la fin de son bonheur, car, après tout, elle aimait, et elle était aimée. Cependant son désir ne l'aveuglait pas au point de lui faire oublier ce qu'elle savait du caractère de son ami. Fier et pur comme elle le connaissait, que ce rapprochement était difficile ! Et d'ailleurs quels moyens employer pour se trouver avec lui, ne fut-ce qu'une heure ? Écrire ? elle le fit, non pas une fois, mais dix. La lettre cachetée, elle la jetait dans un tiroir et ne l'envoyait point. D'abord aucune phrase ne lui paraissait suffisamment câline et humble, enlaçante et tendre. Puis elle appréhendait avec épouvante qu'Hubert n'ouvrit même pas l'enveloppe et qu'il la lui retournât sans répondre. Le retrouver à un dîner, dans une visite ? Elle redoutait un tel hasard affreusement. De quel cœur supporter son regard, qui serait cruel, et qu'elle ne pourrait même pas essayer de désarmer ? Aller rue Vaneau et obtenir de lui un entretien ? Elle savait trop que ce n'était pas possible. Lui faire parler ? Par qui ? La seule personne qu'elle eût mise dans la confidence de son amour était l'amie de province qu'elle avait chargée de jeter ses lettres à la poste pour son mari, tandis qu'elle-même était à Folkestone. Parmi tous les hommes qu'elle rencontrait dans le monde, celui qui était assez dans l'intimité d'Hubert pour servir de messager dans une pareille ambassade était aussi celui dans lequel son instinct de femme lui montrait l'auteur probable de l'indiscrétion qui l'avait perdue, George Liauran. Elle était liée des mille menus fils que la société attache aux membres de ses esclaves. Quelles misérables, mais aussi quelles imbrisables étreintes ! Elle finit, sans calcul et en obéissant aux impulsions de son propre cœur, par trouver un moyen qui lui parut presque infaillible pour arriver à une explication. Elle éprouva un irrésistible besoin de se rendre au petit appartement de l'avenue Friedland, et elle se dit qu'Hubert ressentirait, tôt ou tard, ce besoin comme elle. Il fallait, de toute nécessité, qu'elle se rencontrât face à face avec lui à une de ces visites. Sous l'influence de cette idée, elle commença de faire de longues séances solitaires dans ce rez-de-chaussée dont chaque recoin lui parlait de son bonheur perdu. La première fois qu'elle y vint ainsi, l'heure qu'elle passa parmi ces meubles fut pour elle le principe d'une émotion si intolérable qu'elle faillit retomber dans l'excès de son premier désespoir. Elle y revint cependant, et, peu à peu, ce lui fut une étrange douceur que d'accomplir presque chaque jour ce pèlerinage d'amour. Le concierge allumait le feu ; elle laissait la flamme éclairer le petit salon d'une lueur vacillante qui luttait contre l'envahissement du crépuscule ; elle se couchait sur le divan, et c'était pour elle une sensation à la fois torturante et délicieuse, toute mélangée d'attente, de mélancolie et de souvenirs. À chaque fois, elle avait soin de demander d'abord :

« Monsieur est-il venu ? » et la réponse négative lui rendait l'espoir que le hasard ferait coïncider la visite du jeune homme avec la sienne. Elle épiait le plus léger bruit, le cœur battant. L'ombre noyait autour d'elle les objets que la flambée du foyer ne colorait pas. L'appartement était parfumé de l'exhalaison des fleurs dont elle parait elle-même les vases et les coupes, et, tour à tour, elle redoutait, elle souhaitait l'entrée d'Hubert. Lui pardonnerait-il ? La repousserait-il ? Et enfin elle devait quitter cet asile de son suprême espoir, et elle s'en allait, la voilette baissée, l'âme noyée de la même tristesse que jadis, lorsqu'elle sentait encore les baisers d'Hubert sur ses lèvres, épouvantée et consolée au même moment par cette idée : « Quand le reverrai-je ?… Sera-ce demain ? .. » Un après-midi qu'elle était ainsi étendue sur le divan et abîmée parmi ses songes, il lui sembla entendre qu'une clef tournait dans la serrure de la porte d'entrée. Elle se redressa soudain avec une palpitation affolée du cœur… Oui, la porte s'ouvrait, se refermait. Un pas résonnait dans l'antichambre. Une main ouvrait la seconde porte. Elle se renversa de nouveau sur les coussins du divan, incapable de supporter l'approche de ce qu'elle avait tant espéré, trouvant ainsi, à force de sincérité, l'attitude vaincue que la plus raffinée coquetterie aurait choisie, celle qui pouvait agir avec le plus de force sur son amant, – si c'était lui ?… Mais quel autre pouvait venir, et ne reconnaissait-elle point son pas ? Oui, c'était bien Hubert qui entrait à cette minute. Depuis leur rupture, il avait désiré souvent, lui aussi, retourner dans le petit rez-de-chaussée dont la pendule lui avait sonné de si douces heures, –cette pendule sur laquelle Thérèse jetait gracieusement la dentelle noire de sa seconde voilette, – « pour mieux endormir le temps, » disait-elle. Puis il n'avait pas osé. Les trop chers souvenirs rendent timide. On a peur à la fois, en y touchant à nouveau, de trop sentir et de sentir trop peu. Cet après-midi, cependant, – était-ce l'influence du ciel brouillé d'hiver et de son ensorcelante mélancolie ? était-ce la lecture, faite la veille, d'un des plus adorables billets de Thérèse, daté précisément du même jour, à une année de distance ? – Hubert s'était trouvé, sans y avoir pensé, sur le chemin de l'avenue Friedland. Il avait suivi, pour s'y rendre, un lacis de rues détournées, machinalement, comme il faisait jadis, afin d'éviter les espions. Quel besoin de ces ruses naïves aujourd'hui ? Et le contraste lui avait serré le cœur. Sur sa route, il dut passer devant un bureau télégraphique dans lequel il entrait autrefois, au sortir de ces rendez-vous, afin de prolonger leur volupté en écrivant à Thérèse un billet qui la surprît à peine revenue chez elle, – écho étouffé, lointain et si tendre, des soupirs enivrés du jour ! Il vit la porte du bureau, sa couleur sombre, son inscription, l'ouverture de la boîte réservée aux cartes-télégrammes, et il manqua de défaillir. Mais déjà il suivait le trottoir de la fatale avenue, il apercevait la maison, les persiennes closes sur le devant du rez-de-chaussée, l'allée commandée par la porte cochère. Que devint-il lorsque le concierge, après lui avoir demandé si « Monsieur avait fait un bon voyage », ajouta de son accent haïssable d'obséquiosité : « Madame est là... » ? Il n'avait pas encore pris la clef dans sa poche lorsque cette nouvelle, peut-être moins inattendue qu'il ne voulait se l'avouer, le frappa comme un coup droit, en pleine poitrine. Que faire ? La dignité lui ordonnait de s'en aller tout de suite. Mais le désir inconscient et profond qu'il avait de revoir Thérèse lui suggéra un de ces sophismes grâce auxquels nous trouvons toujours le moyen de préférer avec notre raison ce que nous désirons le plus avec notre instinct. « Si je n'entre pas, » se dit-il en regardant du côté de la loge, « ce dangereux drôle comprendra qu'elle et moi, nous sommes brouillés. Il est capable de pousser l'effronterie jusqu'à parler à Thérèse de ma visite interrompue... Je dois à celle-ci de lui épargner cette humiliation, et, d'ailleurs, il faut régler cette question de l'appartement une fois pour toutes... Je ne serai donc jamais un homme ?... » C'est à cette minute, et après l'éclair de ce raisonnement subit, qu'il ouvrit la porte, se rendant bien compte qu'il y avait dans la pièce voisine une créature que ce simple bruit bouleversait depuis les pieds jusqu'aux cheveux. Il les avait réchauffés de tant de baisers, ces pieds fins, et si souvent maniés, ces longs cheveux noirs ! « Si elle est venue, c'est qu'elle m'aime encore... » Cette idée le remuait malgré lui, et il tremblait lorsqu'il pénétra dans le salon, où l'agonie du crépuscule luttait contre les flammes du foyer. Il fut surpris par l'arôme caressant des fleurs posées dans les vases de la cheminée, auquel se mêlait la senteur d'un parfum qu'il connaissait trop. Il vit sur le divan, au fond de la chambre, la forme prostrée d'un corps, puis le mouvement d'un buste, la pâleur d'un visage, et il se trouva face à face avec Thérèse, maintenant assise et qui le regardait. Leur silence, à tous deux, était tel qu'il entendait les coups secs de son propre cœur et le souffle de cette femme, évidemment perdue d'émotion. Cette présence de sa maîtresse lui avait du coup rendu sa colère nerveuse. Ce qu'il sentait à ce moment, c'était l'affreux besoin de brutaliser la femme, l'être de ruse et de mensonge, qui s'empare de l'homme, être de force et de férocité, chaque fois que la jalousie physique réveille en lui le mâle primitif placé vis-à-vis de la femelle dans la vérité de la nature. À une certaine profondeur, toutes les différences des éducations et des caractères s'abolissent devant les nécessités inévitables des lois du sexe. Ce fut Thérèse qui rompit la première le silence. Elle comprenait trop bien la gravité de l'explication qui allait suivre, pour que ses plus intimes facultés de finesse féminine ne fussent pas mises en jeu. Elle aimait Hubert, à cette seconde, aussi passionnément qu'au jour où elle s'était confessée à lui de son inexplicable faute ; mais elle était maîtresse d'elle-même à présent, et elle pouvait mesurer la portée de ses paroles. D'ailleurs, elle n'avait pas de comédie à jouer. Il lui suffisait de se montrer telle qu'elle était, dans l'humilité infinie de la plus repentante des tendresses, et ce fut d'une voix presque basse qu'elle commença de parler, du coin d'ombre où elle se sentait assise.

– « Je vous demande pardon de me trouver ici, » dit-elle ; « je vais partir. En me permettant de venir dans cet appartement, quelquefois, toute seule, je n'ai cru rien faire qui vous déplût… C'était un pèlerinage vers ce qui a été l'unique bonheur de ma vie, mais je ne le recommencerai plus, je vous le promets… »

– « C'est à moi de me retirer, madame, » répondit Hubert, que le son de cette voix troublait d'une émotion impossible à définir. « Elle est venue plusieurs fois, » songea-t-il, et cette idée l'irritait, comme il arrive quand on ne veut pas s'abandonner à une sensation tendre. « J'avoue, » continua-t-il tout haut, « que je ne m'attendais pas à vous revoir ici après ce qui s'est passé. Il me semblait que vous deviez fuir certains souvenirs plutôt que de les rechercher... »

– « Ne me parlez pas avec dureté, » reprit-elle avec plus de douceur encore. « Mais pourquoi me parleriez-vous autrement ? » ajouta-t-elle d'un ton mélancolique. « Je ne peux pas me justifier à vos yeux. Réfléchissez pourtant que, si je n'avais pas tenu, comme j'y tenais, à la beauté du sentiment qui nous a unis, je n'aurais pas été sincère avec vous comme je l'ai été. Hélas ! c'est que je vous aimais comme je vous aime, comme je vous aimerai toujours. »

–- « N'employez pas le mot d'amour, » répliqua Hubert, « vous n'en avez plus le droit »

– « Ah ! » répondit-elle avec une exaltation grandissante, « vous ne pouvez pas m'empêcher de sentir. Oui ! Hubert, je vous aime, et si je n'ai plus d'espoir que cet amour soit partagé, il n'en est pas moins vivant ici ! » et elle se frappa la poitrine. « Et il faut que vous le sachiez, » continua-t-elle, « c'est ma seule consolation dans le plus complet malheur, de penser que j'aurai pu vous dire une dernière fois ce que je vous ai tant dit en des jours heureux : je vous aime. Ne voyez pas là un rêve de pardon ; je n'essayerai pas de vous fléchir et vous ne me condamnerez jamais autant que je me condamne. Mais il n'en est pas moins vrai que je vous aime – plus que jamais. »

– « Hé bien ! » reprit Hubert, « cet amour sera la seule vengeance que je veuille tirer de vous... Sachez-le donc, cet homme que vous aimez, vous lui avez fait supporter un martyre à ne pas y survivre ; vous lui avez déchiré le cœur, vous avez été son bourreau, bourreau de toutes les heures, de toutes les minutes... Il n'y a plus en moi qu'une plaie, et c'est vous, vous qui l'avez ouverte... Je ne crois plus à rien, je n'espère plus rien, et c'est vous qui en êtes la cause... Et cela durera longtemps, longtemps, et tous les matins il faudra que vous vous disiez et tous les soirs : Celui que j'aime est dans l'agonie, et c'est moi qui le tue... » Et il continuait, soulageant son âme de sa douleur de tant de jours avec tout ce que la colère lui fournissait de paroles cruelles pour cette femme, qui l'écoutait les paupières baissées, le visage décomposé, effrayante de pâleur dans l'ombre où résonnait cette voix pour elle terrible. Ne lui infligeait-il pas, rien qu'en obéissant à sa passion, le plus torturant des supplices : celui de saigner devant elle d'une blessure qu'elle lui avait faite et qu'elle ne pouvait guérir ?

– « Frappez-moi ! » répondit-elle simplement, « j'ai tout mérité. »

– « Ce sont là des phrases, » dit Hubert après un nouveau silence, durant lequel il avait marché d'un bout à l'autre de la pièce pour user sa fureur. « Venons aux faits. Il faut que cette entrevue ait une conclusion pratique. Nous devons nous revoir dans le monde et chez vous. Mon absence des maisons où je vous ai connue ne peut plus s'expliquer, comme je l'ai expliquée, par un petit voyage. Ai-je besoin de vous dire que je me conduirai comme un honnête homme et que personne ne soupçonnera rien de ce qui a pu se passer entre nous ? Il reste la question de cet appartement. Je vais écrire à Deroy pour le prévenir que je n'y viendrai plus. Il est inutile que nous nous retrouvions ici. Nous n'avons plus rien à nous dire. »

– « Vous avez raison, » fit Thérèse d'un accent brisé ; puis, comme prenant une résolution suprême, elle se leva. Elle passa ses deux mains sur ses yeux, et, détachant de son poignet le bracelet auquel était appendue la petite clef, elle tendit ce bijou à Hubert sans prononcer une parole. Il prit la chaînette d'or, et ses doigts rencontrèrent ceux de la jeune femme. Ni l'un ni l'autre ne retira sa main. Ils se regardèrent, et il la vit bien en face pour la première fois depuis son entrée dans l'appartement. Elle était à cet instant d'une beauté sublime. Sa bouche s'entr'ouvrait comme si la respiration lui eût manqué, ses yeux étaient chargés de langueur, ses doigts pressèrent les doigts de son amant d'une caresse lente, et une flamme subtile courut soudain en lui. Comme pris d'ivresse, il se rapprocha d'elle et la prit dans ses bras en lui donnant un baiser. Elle défaillit, et ils s'étreignirent d'une de ces étreintes affolées et silencieuses dans lesquelles se fondent toutes les rancunes, justes et injustes, mais aussi toutes les dignités. Ce sont des minutes où ni l'homme ni la femme ne prononcent le mot : je t'aime, comme s'ils éprouvaient que ces égarements-là n'ont, en effet, plus rien de commun avec l'amour.

Quand ils reprirent leurs sens, et qu'ils se retrouvèrent l'un auprès de l'autre sur le divan, elle le regarda. Elle tremblait de le voir céder à l'horrible mouvement familier aux hommes au sortir de chutes pareilles, et qui les pousse à punir leur propre faiblesse sur leur complice, en l'accablant de mépris. Si Hubert fut saisi d'un frisson de révolte, il eut du moins la générosité d'en épargner la vue à Thérèse ; et alors, d'une voix que la crainte rendait si captivante : « Ah ! mon Hubert, » disait-elle, « je t'ai donc de nouveau à moi… Si tu savais ! Je n'aurais pas survécu à notre séparation. J'en serais morte ; je t'aime trop… Je serai si douce, si douce pour toi, je te rendrai si heureux… Mais ne me quitte pas. Si tu ne m'aimes plus, laisse-moi t'aimer. Prends-moi, renvoie-moi, au gré de ton caprice. Je suis ton esclave, ta chose, ton bien. Ah ! si je pouvais mourir maintenant !… » Et elle couvrait le visage amaigri du jeune homme de baisers passionnés. Lui cependant restait immobile, la bouche et les yeux clos, et il songeait où il en était tombé. Maintenant que l'ivresse était dissipée, il pouvait comparer ce qu'il venait de ressentir à ce qu'il avait ressenti autrefois. Le symbole du changement accompli était dans le contraste entre la brutalité de ce plaisir, pris ainsi, sur ce divan, et la divine pudeur des anciens jours. Il n'avait point pardonné à Thérèse, et il n'avait pu lui résister ; mais, par cela même, il avait à jamais perdu le droit de lui reprocher sa trahison. Et puis, l'aurait-il eu de nouveau, ce droit, comment en user ? Il y avait dans les caresses de cette femme un ensorcellement trop fort. Il devina qu'il allait le subir à partir de ce jour, et que c'en était fait de son rêve. Il avait aimé cette femme du plus sublime amour ; elle le tenait maintenant par ce qu'il y avait de plus obscur et de moins noble en lui. Quelque chose était mort dans sa vie morale, qu'il ne devait plus jamais retrouver. C'était un de ces naufrages d'âme que ceux qui les subissent sentent irrémédiables. Il avait cessé de s'estimer, après avoir cessé d'estimer sa maîtresse. La Dalila éternelle avait une fois de plus accompli son œuvre, et, comme les lèvres de la femme étaient frémissantes et caressantes, il lui rendit ses baisers.

XII

COMME LES AUTRES

Quinze jours environ après cette scène, Hubert avait recommencé de dîner en ville et de sortir presque tous les soirs, à la grande stupeur de sa mère, qui, après s'être tue devant un chagrin sur lequel elle était impuissante, rencontrait maintenant chez son fils un air de fièvre enivrée qui l'épouvantait. Elle ne put s'empêcher de s'ouvrir de cet étonnement à George Liauran, un soir que ce dernier était venu, comme de coutume, prendre sa place dans le petit salon témoin de tant d'agonies de la pauvre femme. Le vent soufflait au dehors, comme dans la nuit où le général Scilly avait commencé de songer au malheur de ses amies ; et le vieux soldat, qui était, lui aussi, sur son fauteuil ordinaire, ne put s'empêcher de constater combien ces quelques mois avaient produit de ravages sur les deux veuves.

– « Je n'y comprends rien, » répondit George à l'interrogation de sa cousine. « Hubert et moi, nous n'avons pas eu d'entretien. Il est certain que son désespoir est inexplicable, s'il n'a pas cru à la faute, de Mme de Sauve, et il est certain qu'il est de nouveau au mieux avec elle. »

– « Après ce qu'il sait ? » dit le comte. « Il n'est pas fier. »

– « Que voulez-vous ? » reprit George. « Il est comme les autres… »

Mme Liauran, couchée sur sa chaise longue, tenait la main de Mme Castel, tandis que son cousin prononçait cette parole, dont il ne mesurait pas la portée. Les doigts de la mère et ceux de la vieille grand'mère échangèrent une pression par laquelle les deux femmes se dirent l'une à l'autre la souffrance dont ni l'une ni l'autre ne devaient jamais guérir. Elles n'avaient pas élevé leur enfant pour qu'il devînt comme les autres. Elles entrevoyaient la métamorphose inévitable qui allait s'accomplir dans leur Hubert, à présent… Hélas ! C'est une profonde vérité, que « l'homme est tel que son amour » ; mais cet amour, pourquoi et d'où nous vient-il ? Question sans réponse, et, – comme la trahison de la femme, comme la faiblesse de l'homme, comme le duel de la chair et de l'esprit, comme la vie même, dans ce ténébreux univers de la chute, – cruelle, cruelle énigme !